봄날의 시집

코다크롬

봄날의 시집

한영원 지음

봄날의책

일러두기

한 편의 시가 다음 면으로 이어질 때 연이 나뉘면 여섯 번째 행에서,
연이 나뉘지 않으면 첫 번째 행에서 시작한다.

시인의 말

너는 세계에서 만난 것 중
가장 참혹하지만 가장 다정한 현상.

2023년 가을
한영원

차례

2부

3부

4부

해설

우리는 꿈으로 만들어진 것처럼.

윌리엄 셰익스피어, 『템페스트』 4막

1부

하멜른의 아이들

피리 불면 선뜻 따라가 다시는 돌아오고 싶지 않았다
가는 곳이 떠나온 곳의 아류가 아니었으면 했다
그곳에서는 더 멀리 뛰고 더 멀리 날고
밥을 열아홉 끼 먹고 먹은 만큼 사랑해보고 싶었다
여기가 저기를 바라는 대체품이 아니었으면 했다
모험처럼 연애하고 싶었다
연애처럼 모험하고 싶었다
어느 날은 여유로이 풀밭에 누워
어쩌면 그린 듯한 하늘을 손으로 휘휘 젓고
동굴 속 숨겨둔 수많은 아이들을 모두 나의 것으로 삼고 싶었다
우리 사이에 수백 개의 연결고리를 갖고 싶었다
그러나 너희의 유년은
한 번에 한 가지만을 꺼낼 수 있는 입구가 좁은 통인 걸까
그 안에 신이 무엇을 넣었는지는 알 수 없고
내가 너무 어려서 무서워요
어린아이는 말했다
무서워하지 마 너는 커서 나의 연인이 된다
나는 천천히 너에게로 걸어가고 있는 중이다
그것을 나는 결정했다
왔니? 스스로 귀환하는 나의 참된 아이들아

미장아빔

지난밤 종지기가 종을 훔쳐 달아났다는 소식을 들었다
그러나 아흔아홉 개의 종이 우리에게 남아 있고

고딕풍 탑 아래서
검고 푸른 종
하나를 위에서 떨어트릴 때마다 무게에 따른 묵직한 음

어젯밤 우리의 거짓말은 묵인되었다
종이 울리지 않았기에 우리는 예배에 가지 못한 거니까

높은 곳에서 아래를 볼 때는 침을 뱉고 싶다

물리 안에서 우리는 정당했다
서로가 침을 뱉을 때 번갈아 아래서 망을 보았지
종지기는 종을 아름답게 연습했다
음계 안에서 우리는 자유로웠다

떨어트릴 테니 받아

하나둘 나의 책임 없는 변수는
종종 나에게로 떨어지고

올려다본 하늘에선 빗방울이 떨어지고 있다
내일은 장례식에 가야 한다

위에서 아래로
아래에서 위로
가볍고도 무겁게
올려다본 첨탑은 종 하나 없이 비워져 있다

우리는 속죄를 지고 수없는 밤을 오르내리는 짐꾼처럼
아흔아홉 밤을 세련되고 영리하게 낭비했지

종이 자주 울린 탓에
모두가 예배 시간을 짐작할 수 없었다

어젯밤 나의 종지기가 떨어졌다는 소문을 들었다
우리는 예배에 가지 않아도 되었다

진세이 이치로*

여기서 울어도 되는 거지요?

조금 더 옆으로 가서.

여기서요?

조금 더 가서.

너무 끝이다.

이치로 이치고는 무대 구석에 서서 뒤늦게야
너무 비좁다고 생각한다
이치로 이치고에게 남은 건 이틀 동안 씹은 껌밖에 없고
오늘 밤 그거마저 먹어버린다면
길거리의 담배꽁초를 주워 먹어야 할 것이다

여기서 밝히길 이치고에게는 비이성적인 본질을 알아차리는 힘이 있지만
그걸 뒤늦게 눈치채기 때문에
지하철 8번 칸의 비균질한 인파 사이에서도
누구보다도 아 이것은 퇴근길의 본질이라는 것을 알아차리지만
이치로는 몇 번씩이나 지하철을 놓친다

어디 드라마 영화 소설 등에 나오는 부랑자의 역할이 있다면

꼭 이치고는 그걸 택한다
한 명의 부랑자 배역을 뽑는 면접에서 189명 중
대기 순번 176번을 받았지만서도
자신의 정체성이 누구보다도 부랑자의 본질과 닮아 있다고 느낀다
촬영이 모두 끝난 시간에 느끼는 것이 문제이지만

이건 비논리이다.
나는 아무래도 그렇게 생각해.
논리적일 수 없는 내가
발 붙이고 서 있을 수 있는 곳이 없다니
비합리적이고 비도덕적이야.
이거야말로 비-인생이야.

이치로 이치고에게 희망은 정작 필요할 때 없는 식빵 끈 같고
잡을 여력이 없어 가만 머리에 내려앉게 놔둔 잠자리 같고
예전에는 외국에서 일하려고 영어 공부도 해봤다지만
아무래도 컨베이어벨트와 콘트라베이스 정도만 구분하게 되었다

어느 날 강 앞 벤치에 홀로 어둡게 존재하던 이치고에게
각각 사복 경찰, 부랑자 두목, 젊은 이치고가 찾아와
수려한 얼굴로 당당하고 권위적이고 논리적으로 쌍욕을 한다

이치고는 부끄러워서 다시 무대 구석으로 도망친다
뒤늦게야 욕을 중얼거리면 사람들은 그에게 놓고 온 것이 있는 줄 안다

구석에서 이치로는 잠시 잠드는데 아마도 그날은 추웠을 것이다
하얀 눈이 내린 평원 위 이치고는 저 멀리 어떤 광경을 본다
도끼와 칼을 만드는 혈거인을 보고 다시 잠에서 깬다
그건 나의 본질일 수도 있겠다고 생각한다

누구에게도 더럽혀지지 않은
손에 쥔 모든 것이 효용을 다하던

고요하게 수렴하는 강물 앞에서
이치로 이치고는 스스로 처참하다고 생각하지는 않는다
오히려 뒤늦게 알아채서 이건 비-인생이라고
한 번도 시작하지 않은 거지요 다시 한 번이라고
외칠 수도 없는 거지요

구석에 넣은 이치고를 누군가 치우는 것을 본다
한때 비논리는 이치고의 트레이드마크였지만
장소도 마련되지 않은 곳 어디서 울었나 싶다
너무 끝이다

* 미소라 히바리(美空ひばり)의 대표곡 중 하나인 〈人生一路(인생 외길)〉.

자동피아노

연주되는 것은 녹음된 것이었다

악기에도 영혼이 있을까
얼마나 많은 비명을 질러야만 다음에는 사람으로 태어날 수 있을까

집으로 돌아가면 거대한 동물의 몸을 만졌다
희고 검은 줄무늬 동물은 화를 내거나 벌벌 떨거나
억울하다고 호소했지만 그만하라고는 하지 않았다

다음 악장은 내게 주어진 외국어
번역하지 않으면 호흡을 멈추는 생

횡단보도를 건널 때
흰 건반과 검은 건반을 차례대로 밟으면 저편으로 도착했다
오늘은 이런 식으로 끝이 났다

왼발을 움직여 오른발을 움직이면 걸음은 길이 되었다
이족보행은 애쓰지 않아도 자동적으로 만들어졌다
죄목이 있다면 부끄러움을 포기한 것

이것은 녹음된 슬픔일까
무대 아래 사람들은 마음껏 화를 냈다
이런 가짜 연주를 들려주고 돈을 내게 하다니

잘했습니다
내게 박수를 치면 나는 끊임없이 사람을 포기할 것입니다
흰 건반과 검은 건반을 동시에 눌렀다
좋은 소리가 났다

피카레스크*

살롱이 왜 우리를 차갑게 대하지?
우리는 살롱 구석에 앉아 주변을 둘러본다
잘 차려입은 사람들이 힐끗대며 쳐다본다
우리가 좋은 옷을 입지는 않았다지만
그렇다고 나쁜 옷을 입지도 않았는걸

어제 거리에서 행인 삼십 명이 실종되는 사건이 발생했
다고 한다
모두 시체조차 찾을 수 없었고

너는 삼십 명이 너를 무시한 채 어깨를 툭 치고 지나갔
다고 말했다
거슬린다는 이유로

모두가 주인공에게 놀아나고 있는 영화를 보았다
나는 세모나거나 네모난 것은
모두 묘수를 가지고 있다고 생각했지만
가끔 내 손안에서 일이 너무 빨리 처리된다면
그건 모두 망한 것처럼 느껴졌지

방법이 잘못되었다는 것을 완성하고 깨닫곤 한다

거리에서 일어난 살인 사건에 대해
모두가 쉬쉬하는 눈치다
그러나 나는 생각한다

확실히 너는 악당이긴 하지만 범인일 수는 없어
어제 우리는 같이 있었고
나는 너의 알리바이다

그러나 세상을 뺀 둘만의 알리바이가 생성될 때
그것을 공범이라고 부른다지

강둑에서 강이 끝날 때까지 구르기로 하자
우리는 계속해서 동그래져 갔다
뾰족한 묘수는 모두 물에 빠뜨려가며
내일 살롱에 입고 갈 옷은 모두 해져만 간다

누군가는 우리를 한패라고 생각하겠지
그런데 내 생각엔 아니야
우리가 서로에게 악당이던 계절은
지겨울 지경이야

소년 합창단이 아름다운 송을 불러주었는데
선하고 좋은 것을 보면 당연히 사랑할 수 있지만
부끄러움은 계속해서 길바닥에 버려지는 전단지처럼

어째서 사람들은 모두 내일 입을 옷을 가지고 있을까

옷장에는 입지 않은 옷이 많이 있다

우리는 살롱 구석에 모자를 쓰고 있다
코트 안에 알몸으로 온 줄은 꿈에도 모를 것이다

* 악한이 주인공인 소설.

유전의 마음

할아버지가 해변에서 자살했기에
엄마는 내가 죽을까 봐 걱정되는 눈치다
욕조에서 오래 나오지 않으면 문을 따고 들어온다
그런 건 유전일 수도 있지 않겠니
저 산에는 산미치광이가 사는데
군부시절 많이 맞아 미쳐버렸대
그 군부대 우물에서 동네사람이 삼십 년간 물을 길어 마셨기 때문에
모두 산미치광이를 무서워하고 있다
무서워함으로써 무서워하고 있다
새벽 세 시에 삼촌이 싱크대에 머리를 넣고 있으면
몽유병임을 까먹고 목이 마른가 한다
냉장고에서 가끔 맥가이버 칼이나 녹음기 망원경이 발견될 때
오해를 사는 사람은 자주 입을 껌뻑거린다
배 밭에 가서는 갓끈을 고쳐 쓰지 말랜다
아무래도 남의 밭에서 목을 맬 수는 없는 노릇이다
이민 전에 할아버지가 그렇게 말했대
미국 가서 제일 조심할 건 공항으로 마중 나온 한국인이다
엄마는 그게 산미치광이거나 광견병에 걸린 사람일까 걱정했지만

누구보다 친절하며 돈을 벌고자 애쓰는 동포였다
긴 해안은 얼마나 오래도록 파도를 간직하는 걸까
엄마는 내가 접시를 깨면 화를 내지만
누군가 접시를 깨면 나는 걱정을 먼저 하는 사람이 된다
냉장고는 새벽 세 시에 문이 열려 있고
걱정도 유전이래 그만 좀 하세요
아 그래 그런 것도 같지
어두운 곳에서 푸르고 차가운 빛을 바라본다
유전의 마음이 웅숭그리고 있는 것 같다
따라오지 않게 문을 잘 닫는다

유리의 안과 밖

우리는 거인의 품에 있다
배가 고프면 내장을 뜯어 먹고
따끈한 살을 판 뒤 그 안에서 잠을 잔다
이틀 뒤면 국경에 도착한다
그곳에는 물이 있고 숲이 있고
숲이 있을까?
너는 묻는다 과연
햇살을 받으면 몸에 이상한 무늬가 생기는 것을
쳐다보면서 우리는 일자로 눕는다
가끔 독수리가 지나갈 때 거인은 몸을 낮춘다
그러면 우리는 데굴데굴 구르다가
몸이 부풀 때까지 웃었고
밤에는 몸이 부족하다 열이 식지를 않는다
계속해서 거인의 안을 걸었지
기계라고 부를 수 있을까
세계는 매일 거인의 몸을 짓이겨 만들어진다
어느 날은 네가 자는 것을 바라보다
셔츠를 입었고
잔가지를 끌어모아 불을 피웠어
몸이 식지를 않았다
흙만 있으면 짓이겼다
짓이길 때마다 너는 울었다

나는 자느라 못 들은 척했지
유리를 빚는 사람을 만났는데
그것을 어디서 가져오느냐고 물었다
말해줄까 고민하다가 네 얼굴을 본다
다시 몸이 부풀 때까지 웃는다
얇은 껍질로 이루어져 있는
국경 안에는 숲이 없다
살을 파서 네게 먹인다
투명한 것 하나 없어
경계를 모르는 네게

삼월

어제 동생은 혼자서 넘어졌지만
주위에 보는 이 없었기 때문에 그건 내 잘못이 되었다
더러워진 아마포 드레스 성의껏 닦아주어도
나를 본체만체하는 녀석

그 애를 잔느라고 불렀다
말쑥함과 말썽이 동시에 있는 어려운 얼굴

유리로 된 새는 몸을 내던졌다
투명에서 투명으로
하늘은 잿빛 가끔 푸르렀고

오늘 태어났다면 그걸 새로움이라 불러 슬픔이라 불러
잔느는 나를 용서해주기로 하였다
나는 잘못한 게 없지만
우리는 함께 산책하였다

고개를 자주 두리번거리는 사람
이 길은 한 번도 가보지 않았지만 꿈에서 본 길이다
나는 바다로 이어지는 길을 잘 안다고 착각하고 있다

창을 열면 안개가 자욱하게

바다에는 나를 기다리는 고장난 기구 있을까
어쩌면 이 장면을 기록할 수도 있을까

잘못임을 알면서도 행하는 나쁜 습관에
새로운 학명을 붙이거나
용도를 모르는 기구의 이름을 붙이면

그것을 잔느라고 불렀다
망각과 기록을 동시에 실천하는 작은 상자 푸르름

바다에서 태어난 안개는
어째서 새로운 이름으로 불릴까
땅에서는 허락되지 않는 무수한 일들이

해변에서

잔느는 먼저 도착해 있기로 했다
내가 늦은 셈이다 새학기부터

오늘은 투명한 새가 어린아이가 되는 날이었다

부르바키*

두꺼비집을 두 손으로 토닥여 덮었다
이건 수학자의 무덤일 수도 있겠다 네가 말했고
나는 안에 든 것이 궁금했다

삼월에는 처음 본 이름이 많았다
교실 외벽에는 신발 주머니를 걸어야 할 곳이 없었다
너네는 신발 주머니를 어디에 둬야 하는지 어떻게 알아

바다에 간 적도 없는데 몸에서 짠내가 났다
들어본 적도 없는 사람의 이름을 아는 척한다

프랑스에는 유명한 사람의 무덤이 있다더라
누구의 무덤인지도 모르면서 매년 수만 명이 찾는다던데

우리는 두꺼비집을 만들어 연신 두드리며
예수는 어서 나오라고 소리쳤다
누군가 그건 예수의 무덤이 아니라 말했지만

어디서 불어오는 미지근한 흙먼지 바람
이 풍광은 우리 영혼에 늘 있었던

너는 그것과 닮았을 것이다

고개를 자주 두리번거리는 사람
이름은 어떻게 태어나 나의 가죽을 쓰고 걸을까
죽음의 앞과 뒤에는 어떤 공식을 대입하는 게 나을까

내가 쓴 편지를 보여주는 너 때문에
내가 나였음을 믿을 수 없었다

네가 쓴 편지를 보면
우리 과거를 믿을 수 없듯이

삼월의 무덤은 동그란 책처럼 보인다
너는 결코 혼자 집필되지 않는다

예수의 무덤일까
아니야 그건 두꺼비집이다

삼월에는 부르는 대로 이름이 생겨났다

* 프랑스 수학자 단체의 필명으로, 『수학 원론』을 공동 집필하며
현대 수학에 큰 영향을 미쳤다.

밤의 하이웨이

미국에 사는 이세벨은 매일 밤마다 하이웨이로 뛰쳐나가고 싶어 했는데 가족들은 미리 동생 한나를 문 앞에 재웠고 그러면 이세벨은 한나를 발로 차면서 엉엉 울었다

엄마 내가 생각할 때 나는 밖으로 나가고 싶어 하는 것 같아……

바짝 깎은 손톱이 아팠다 새벽이 되면 피난을 가야 했는데 정원 앞에 세워둔 자전거가 없었다 누군가 훔쳐 간 듯했다 바퀴 달린 짐승만이 살아 나갈 수 있는 곳에서 나는 발이 없고

자전거 타지 마 어젯밤 누가 아무도 없는 곳에서 자전거를 타다 살해당했다더라 엊그제 저녁 강둑에서 미친 여자는 발을 헛디뎌 죽었다더라 엄마 말을 안 들으면 지옥 불구덩이에 떨어질 거야

주기도문이 말하고 있었다

집 현관 열쇠 두는 상자에는 이세벨의 열쇠만이 없었다 모두가 이세벨의 사정을 이해한다고 말했지만

미친년을 이해하고 싶은 마음은 없겠지 미친년을 이해했다간 미친년이 될 테니

이세벨의 가슴에는 핏자국이 가득했다 모두 닮아 없어

진 짐승의 손톱으로 득득 가슴을 긁으면 손톱에는 검은 타르가 잔뜩 껴 있었지

밤마다 이세벨은 울부짖었다 장 아제베도, 내가 간증으로 환원되지 않게 도와줘* 그녀는 지옥으로 간 시인들을 잘 알았다 어디에선가 자꾸 주기도문이 들려왔다
하늘에 계신 아버지
미친년을 보고 사람들이 미치게 해주소서
그렇게 미친년이 모두에게 침투될 수 있게 하소서

아무도 없는 밤의 하이웨이를 끊임없이 달리는 상상을 했다 수천 킬로를 달려 만나는 사람마다 때려죽이고 이미 벗은 옷을 몇 차례 더 벗어 던지고 누구에게도 구속되지 않으며 물을 더 이상 마실 수 없을 때까지 몸에 쏟아 넣고 토해내는

이세벨, 더 나빠지고 싶어 괴로워?
더 나쁘게 굴 수 없어 괴로워

주기도문이 들려온다

나의 사촌 이세벨은 한국말을 하나도 모른다

* 전혜린의 마지막 편지 중 "장 아제베도, 내가 원소로 환원되지 않게 도와줘"를 변용.

플래시 셔터 플래시

눈이 먼 샤먼은 생전의 여자를 흉내내고 있다
여자는 나와 너무 닮아 구별하기 어렵고
우리는 연애했다

인디언 미신을 믿는 여자는 사진이 찍히면
영혼이 빠져나간다고 말했다
나는 그걸 믿어본 적은 없지만

프레임 속 영혼은 의도하지 않아도 기워지고 더해지는 것일까

눈을 감았다 뜨면 개울이 있다

건너려면 어떤 방식이 필요할 것 같아?
여자가 물었다
넌 어떨 것 같아

물은 투명하게 맑아 무언가를 비출까 두렵다
풍경은 돋보기를 댄 듯 가깝거나 멀리 보이고
우리는 손을 놓았던가
아니면 잡았던가

빛은 모였다가 다시 사라지길 반복한다
가까이에 숲이 있지만
우리는 개울을 건너가지 못하고 있다
뛰어야 할지 젖어야 할지조차

어디서 새는 울고 여자는 말했다
이것이 우리의 관계야
건너가면 네가 되어버리고
머무르면 내가 되어버리는

잔디의 색과 맛
개울의 울렁거림
새의 소리를 들은 뒤

먹구름이 내릴 때 그림자가 짧아지면
샤먼은 이제 여자처럼 보인다
나는 애인의 사진을 가져본 적은 없지만

어떤 계획에도 무너지지 않는 유효한 방식을 찾고 싶다
우리는 개울이 작기에 건너지 못한다는 것을 안다

샤먼은 어떻게 영혼을 재현하는 것일까?
여자는 나와 너무 닮았고
나는 속이 비칠까 두렵다

수면 위로 색색의 빛이 스며들고 있다
내가 죽으면 내가 한 농담만 남겠지
나는 여자의 농담 하나 들어본 적 없고

우리의 궁색한 유언처럼

개가 환생할 때 인간이 되라고 꼬리를 자르는 것처럼
내 말꼬리를 자르며 여자는
개울을 뛰어넘고 있다

저 멀리 숲으로

어제 만난 샤먼의 방식이 생겨나고 있었다

하나에게

스스로 나의 귀를 누르면 바스락 소리가 났습니다
하나는 듣고 있는 노래가 슬프다고 했습니다
무슨 노래?
여행가
유행가?
여행을 떠날 때 듣는 노래 말이야
그렇구나
나의 여행은 잠들어 있는 지 오래였습니다
그러다 어느 날은 깼습니다
깨서는
하나가 이제는 너무 멀리 산다는 걸 알고
빙그레 웃었습니다
이제야 여행을 갈 수 있겠다고요

이번 일만 끝나면 돈을 모아야지
귀를 누르면 돌아가는 테이프에
녹음된 듯 일정하게 바스락거리는 소리
어떤 균열인지 알 수 없고
폭풍우를 걸어갈 때
하나는
하나의 여행이라 함은
가방 안의 안내장이 젖을까

고민하는 동안 시작되고
하나는 자신이 미래와는 거리가 멀다고 말했습니다
왜?
하나는 고개를 저으며 안내장에 무언가를 적었습니다

귀를 누르면 바스락 소리가 났습니다
나의 여행아 일어나
하나는 그렇게 말하고 싶었습니다
일어나 걸어야지 여행을 가야지
일어나지 못하는 여행을 보면 하나는
여행의 다리를 종일 쓰다듬었습니다
발에 걸리는 슬픔에게 다가가서
자신의 안내장을 맡아줄 수 있겠냐고
그러면 하나는
어떤 곳에서도 여행가를 생각할 수 있고

사려 깊고 준수한 여행가는 저 멀리에서
손을 흔들 테고 그런 이미지 안에서
하나는 가끔 미래를 생각할 테고
하나는 인도에서 누가 자신을 부르는 소리를 듣고
떨을 피우고
멀리 떨어진 사람을 생각하고
일어나도 옆엔 하나가 없고
가끔 가다 귀를 누르면 생기고

폭풍우에도 어쩐지 피신하지 않고
남은 취나물을 파는 사람을 보면

하나의 걸음이 무뎌지는 것입니다
나를 놔두고 뛰어가는 미래를 보면서
신발끈을 고쳐 묶고
나의 여행은 이토록 중얼거렸다고 해요

비가 쉴 틈 없이 오면 영원토록 달릴 수 있을 듯싶다

이번 일만 끝나면 돈을 모아야지
귀를 눌러봤다
여행의 세계는 그렇게 재생되고 있었습니다

아그라파*

나에게 세계의 비밀을 말해준 채
죽으면 어떡합니까

언덕 위에서 절대자는
나의 귓가에 대고 은밀히 속살거렸다

부드러운 가시덤불 속에서 고개 끄덕였을 때
비공식 예언은 어느 상자에 넣어두어야 합니까

나는 당도한 날씨의 노예
장마도 여름의 일종이라지만

설익은 채로 떨어진 살구는
완성되지 못한 걸까
성체의 못다 한 완성일까

창문 너머 바람이 불면
누구라도 기꺼이 사랑해주기로 했다

그러나 자주 바람이 불지 않는 이 세계를 봐요

상앗빛 아마포
계절이 와요

우리 사이에 할 말이 있고 못 할 말 있지
나는 늘 뚜껑도 연 적 없는 계시를 어쩔 줄 모르는 사람
이었어

저 멀리 숲의 과육들은 떨어질 타이밍에서
제각기 떨어지고 있다
자리에 깔아둔 리넨은 더러워지고 있다

머물던 빛은 이지러지다
홀연히 사라지곤 하였다
통조림의 세계 속으로 굴러떨어지는

내게 잔혹한 비밀을 예언한 채
죽으면 어떡합니까

* '기록되지 않은 것'이란 뜻으로, 정경(正經)으로 인정된 복음서 외에
예수의 행적을 기록한 고대 사본이나 외경 등을 이른다.

이듬해

우리는 지치지 않고 정원을 정리했다 곁가지를 손보고 초목을 모두 손수 꺾었다 버려야 할 것들이 가슴께까지 쌓였다 봄이 얼마 남지 않았으므로 분주했다 해가 뜨는 순간부터 져가는 듯한 겨울에는 무언가를 결심하자마자 포기해야 했다 그럴 때마다 말라붙은 지난 계절의 흔적을 애써 떼어냈다 해가 지면 언 흙바닥에 앉아 저 멀리서 동굴 속 혈거인이 기나긴 잠에서 깨어나 걸어오는 소리를 귀 기울여 듣고 있었다 만들어놓은 오랜 오솔길을 따라 두툼하고도 퍼석한 발바닥이 천천히 걸어오며 부드러운 연두색 잎사귀를 밟는 낯간지러운 소리 목이 마를까 퍼다 놓은 작은 웅덩이에 몸을 굽히고 입을 대어 물을 마신다 높은 하늘 솔개가 빙빙 돌면 잠시 고개를 올려 구름을 쳐다보았고 낮고 푸른 관목들과 잿빛 나방들은 마치 이정표처럼 그 자리에 일렁거리고 그 모든 광경을 상상하며 다시 새벽빛이 타오르고 있는 것을 지켜보았다 우리 살아생전의 다정함 누구에게도 보여주고 싶지 않았던 그러나 서로에게만 허락된 이듬해 작은 정원의 사유 봄이 남지 않았으므로 분주했다 언 땅이 질척거렸으나 우리는 서로가 들어갈 두 개의 구멍을 파놓았다

시네라리아*

우리에게 지도를 그리라고 시킨 이는 이미 죽었다고 한다
그러면 우리는 누구에게 지도를 건네야 하는 거야 계속 해서 지도를 그릴 필요가 있는 거야 서로에게 물었지 노란 들판에 나비가 내려앉았다 부유하는 것을 바라보면서 우리는 모자라거나 넘치고
계절이 바뀌는 것을 알아채는 지표처럼 색이 천천히 변하는 수풀 더미 안에서 벗어놓은 껍질을 보며 물질이 얼마나 자랐을까 가늠하는 일 나무둥치에 처박힌 도끼 어딘가에서 울고 있는 이름 모를 새와 사람 얼굴 모양의 무늬를 가진 나비 오솔길을 따라 내려가면 우리만 알고 있는 해변 빛 그림자 불그스름한
중국에서는 사람 얼굴을 한 짐승을 흉조라고 부른대 해식동굴 위는 계속해서 저녁이 쌓이고 쌓여 무너지지 않는 영원이 형성되고 있다 구멍 너머로 본 노란 들판 젖은 국화 부드러운 진흙 주머니에 간식 삼아 넣어둔 소금 몇 꼬집 막대기로 땅을 두드려 지형을 확인하는 일
아마도 집행자는 우리의 목을 기다리고 있을 것이다 돌아오는 길은 닦아놓지 않아 험하다 저 멀리로 일렁일렁 석양이 지다 파랑색으로 변하고 있다
빛 그림자 천천히 저물고 상공을 가르는 커다란 새 휘익
너는 어제 꾼 꿈이 예지몽이라고 말한다 우리는 막대기로 땅을 짚는다 너무 어두워 컴컴한 언덕을 오르고 있다

반딧불이와 나비들이 한꺼번에 빛 뭉치처럼 날아오르고
막대기로 땅을 짚고 보이지도 않는 지도를 그리는
　계속해서 우리는 꿈에 관해 말한다
　세계의 비밀을 덮은 채 밤이 우리를 기다리고 있다

* 국화과의 꽃으로, 파울 첼란의 시 「시네라리아」에서 영감을 받은 제목. 시의 내용은 세계대전 당시 독일 소년들을 프랑스 마을에 보내 마을의 지도를 그리라고 한 일을 다룬, 나딤 아슬람의 『헛된 기다림』을 참조했다. 소년들은 언덕에서 나비를 그렸다고 주장했지만 마을의 독특한 나비 무늬를 잘 알고 있던 주민들에게는 누가 봐도 그것은 틀림없는 마을의 지형과 작전 위치를 담은 지도였다.

2부

도둑의 왕

어느 날 도둑의 왕이 말하길
이 세상 모든 것 훔쳐보았는데
짐이 최초로 훔쳤던 게 생각이 나질 않아

신하들은 그걸 듣곤
모두 답을 알았지만 왕의 기분이 상할까
어떤 체계는 그렇게 지속되니까
모두 그런 쪽으론 도가 텄으므로

가끔 고속도로를 달릴 때 얼굴을 내밀면
통째로 사라지는 느낌이 든다
보리밭 드넓은데 몸을 숙인 내가
보이질 않는다

도둑의 왕이 말하길 이 세상 마지막으로
짐이 무얼 훔칠 수 있을지 고민이오
신하들은 고개를 조아렸습니다

왕이 다시 말하길
아량을 베풀라고요
모두가 나에게 차갑게 굴었던 심판의 세상에서요
왕은 억울해서 점점 어려지고 있습니다

골목 어귀 돌 때
마주친 유년은 나를 모르며 지나치고
태연히 지나치고
툭 치고

나는 개 어깨를 잡으며
얼굴을 움켜쥐어 바지 주머니에
금세 넣는다

왕의 몸은 충신들에 의해
가죽 하나 남지 않고 도륙되었습니다

이것이 도둑의 최후입니다
신하들이 그제야 얼마 남지도 않은

뒤적인다
주워 먹어 내가 된다

어제의 나를 훔쳐 내가 된다

캠페인

누구든 이 캠페인에 서명하세요
왁자지껄한 소리 속으로 사람들이 파묻힌다
전직 정원사는 죽으려니 막상 모아둔 돈이 신경 쓰인다
평생 갖지 못한 자신의 정원도

덤불이 그럴싸하게 우거진 동그란 평원
올해의 작물을 가장 커다랗게 키우는 쇼
소작농의 숨을 막는 법안에 대해 연설하는 이가 보인다
사람들은 저마다 고개 끄덕인다

그 옆에서는 농노의 권리를 위해 투쟁하는 이
연설자의 말투는 배운 말투
천막 뒤에서는 농가의 아이들이
직물 바구니를 팔러 온 집시를 마구 때린다

집시는 덜 자란 아가씨
이상한 말투로 자신을 방어하지만 그것은 소용없고
프릭쇼는 세대를 거듭해서 잘 팔린다

배가 고파 땅에 떨어진 옥수수를 갉아 먹는다
세상에서 가장 큰 감자와
서커스의 아이는 구별할 수 없어 보인다
바람 불면 하늘 위로 열기구 떠다니는데

아이들은 그것을 보며 자지러질 듯 소리치고
순간 정원사는 다시 태어난다면
카프카의 짐승으로 태어나고 싶다고

누구든 이 캠페인에 서명하세요
이 끊임없는 소리는 어디서 들려오는 것일까

무엇에 반대하고 무엇에 찬성했는지
연둣빛 바람이 금세 이마의 땀을 훔치고
허리춤에 꽂은 가지치기 가위가 무겁게 느껴진다

부드러운 떨기나무 길고 긴 사이프러스
청회색의 블루버드 수선화 유럽패랭이
내 손에 맞게 길들여진 그러나 내 것은 아닌

정원사는 신경 쓰여 걸음을 멈춘다
누구의 서명도 더는 필요없을 만큼
캠페인은 걷잡을 수 없이 커져 가는 때

죽을 마당에 어제 한 기습 키스가 신경 쓰인다
뒤돌아 나가고 싶어 다시 걷는다
그 뒤로 초록색 짐승 한 마리
천천히 따라붙는다

너무 오래 걸었다는 생각을 한다
소란스러운 캠페인 속으로

빛이 조용하게 사라지는 것을
누구도 눈치채지 못한다

서머타임 에이미

> 그와 세상 사이의 모든 관계는 전부 얇은 막을 사이에 두고 이뤄지는 것 같다. 막이 있기 때문에 세상에 의한, 그 자신의 수정(受精)은 이뤄지지 않을 것이다. 이것은 가능성이 많은 흥미로운 은유지만, 그렇다고 그가 볼 수 있는 어딘가로 그를 데려다주지는 않는다. J. M. 쿳시, 『서머타임』

여름에는 좀 더 부지런해지기로 했다
아름다운 것을 보면 슬프기로 하였다

이 빛과 숲을 얼마나 오랫동안 걸으면 출구가 나올까

쇄골은 여름 동안 밀린 적 없던 일기처럼
내게서 가장 가까운 뼈

매일 일기를 써도 어제는 내게 가까이 오지 않는다
이 연습은 달라지지 않는 것을 목표로 해본다

유리된 관념과 물질은 이야기 없이도 이어질 수 있다고
숲은 슬픔과 관련 없이 항상 존재했던 것처럼

시간은 영원을 만드는 발명품처럼 보인다
서머타임이 이토록 오래 지속된다면
여름의 무늬는 깊게 몸에 새겨질 것이다

지워지지 않는 상흔을 보면 언제 생긴 것인지 묻지 않기
신의 몸을 보면 투명하게 잘라 나누기
빛나는 오브제는 만지지 말고 놔두기
에이미, 아름다운 것을 보면 슬퍼하기

여름은 끝없이 더워질 수 있고
빛은 주광성이 있어
끊임없이 빛을 쫓는
패러독스 빛

이 세계를 구성하는 구심점을 놓치지 않을 것이다
나태는 용서될 것이다
구하라 그리하면 주실 것인데 왜

빛과 숲은 천천히 박리되고 있다
영원토록

여름에는 좀 더 일찍 일어나기로 하였다
숲에서는 슬픔을 잃지 않고 걷기로 하였다

오늘 본 가장 아름다운 것을 얘기해야지

빛과 숲을 백 번 적는다면

빛과 숲이라고 발음하게 될지도 모른다

유예와 나

안녕
엘리베이터를 타다가 유예를 만난다 사람들 속에 파묻혀 유예에게 인사한다
유예는 아무 말도 하지 않는다 그저 힐끗 본다 나는 머쓱해져서 우리 집 층수를 누른다 이미 눌러져 있다 엘리베이터가 도착해도 유예는 내리지 않는다

유예와 어느 날 그네를 타다가 묻는다
네 이름 무슨 뜻이야?
유예할 유에 유예할 예
그런 식이다
유예는 방향성이 없는 것처럼 군다 그게 유예를 사람처럼 보이게도 하고 신처럼 보이게도 한다 유예는 엘리베이터를 타면 어떤 버튼도 누르지 않고 어디로 갈지 까먹은 듯이 군다 우리는 엘리베이터를 타고 사람들이 누른 층마다 문이 열리는 것을 지켜본다 나는 닫힘 버튼이 어디 있는지 모르고

냉장고에 핸드폰을 넣어두고 그것을 잊은 뒤
미래를 잊은 기계처럼 굴어본 적 있다

유예는 땀을 송골송골 흘린다 귀신은 아닌 것 같지 귀신은 땀을 안 흘리니까 유예는 어느 날 일어나자마자 우뚝 서 있었고 새벽빛을 마셔본 적이 있다

순식간에 방이 어둠으로 가득 찼던 적

유예는 날씨가 모이고 모여서 계절이 되는 과정 안에 있다

나는 걷고 걷다가 걸음이 모여 길이 만들어지는 와중에 서 있다

유예는 어떤 날이면 도시에서 가장 큰 탑의 엘리베이터를 타고 도시 전망을 지켜보는데

거리에는 사람들이 없다

유예 말곤 없다

사람들은 다 어디 갔다

어디 간 거지?

도시는 답이 없다

우리만 냅두고 모두 여름 휴가 가버렸나 싶고

유예가 드러눕자 엉망인 삶이 위에서 유예를 쳐다본다

언젠가부터 유예에게는 어떤 언어도 존재하지 않기에 유예는 그저 껍데기처럼 보이고

여름에는 덥다

저녁놀이 지고 있다

시간을 말하는 일련의 과정들

누군가는 걱정하고 누군가는 걱정하지 않고

누군가는 생이 무너질 듯 굴고

유예는 엘리베이터 문이 닫힐 때 손가락이 잘 붙어 있나 정도만 확인하는 버릇이 있다

유예와 나

우리 집은 차우차우를 키운다 아빠가 중국에서 데려왔다고 했다 차우차우는 중국 황실 개라고 한다 그 개는 혀가 파랗다고 한다 우리는 혀를 쭉 빼 내밀며 왜 네 혀는 개처럼 파란색이 아닌지에 관해 설전하고 있다 지나가는 이들은 우리가 풍기문란을 일으켰다며 욕한다

배가 고프다 거리에는 돌아다니는 개가 많다 마을 사람들이 개를 잡아먹고 있다 다시 보니 어린애였다 개와 어린애는 자주 착각되고 있다 할머니와 할아버지는 더워서 거리에 나앉았다 머리에 물수건을 올리고 더워하고 있다 여름이기에 더워하고 있다 벤치도 없고 공원도 없기 때문에 길바닥에 나앉아 있다

거리에 많은 사람들이 나앉아 있다

저마다 더워하고 있다 아니다 모두 같이 똑같은 기세로 더워하고 있다

우리가 공놀이한다

공을 한 번 던질 때마다 그럴싸한 이야기를 해야 하는 게임이다 그럴싸한 이야기를 하지 못하는 사람이 지는 게임이다

유예는 중국의 신화 속 동물이래 유예라는 동물이 있대 초원에서 풀을 뜯다가 누가 오면 놀라서 숨고, 나무에 올라가고, 걱정에 걱정에 걱정만 하다가 풀도 못 먹고 굶어 죽었대

우주에는 방향이 없대

우주에는 방향이 없다고?

어

그렇구나

우주에는 어떤 작은 행성이 있는데 그 행성에는 자기를 신이라고 말하는 이가 살았대 그는 행성에 오는 사람들마다 신도로 삼았는데 너무 악독한 나머지 모두 금방 떠나버렸대 그래서 영원히 혼자가 되었대

혼자가 되었는데 어떻게 신이야

네가 물었다

혼자가 된 것도 서러운데

할 말이 없어졌다

신 자격 박탈이라니

길에 앉아 있는데 노래가 들려온다 듣기가 싫다 길에 중국산 개가 혼자서 떠돌아다닌다 집에 가기가 싫다 배가 고프다 너는 치마 주머니에서 꼭꼭 싼 종이 하나를 꺼냈다 우리는 그걸 꼭꼭 씹는다 혀가 금세 파래졌다

살아 있던 것을 태우는 냄새가 지겹다

하루는 금방 간다 골목만 돌면 집이다

그러나 밤이 더워서 아무도 들어가지 않아

집은 모두 비었다
거리가 사람으로 들끓었다
혓바늘이 자꾸 났다

뱀아이

꿈에 뱀여자를 죽인 적이 있다
뱀여자는 분노하며
자신이 죽으면 배를 갈라
뱀아이를 책임지고 키우라고 소리 질렀다

꿈의 동굴은 붉고 축축했으며
집의 창고와 이어져 있었다

창고로 들어간 나는
빛이 쏟아져 나오는 중심 구역까지 도달했다

그곳에서는 뱀여자의 허물을 먹고 자라난 아기가 있었고

나는 뱀아이를 어떻게 했더라

너는 지금이 가장 어리구나
이 동굴은 태어나는 순간 가장 늙었고
내일이 오늘보다 어릴 것이다

어느 날은 세상의 모든 법칙이 그래야만 한다고 느껴져

버스 사람들이 모두 한곳을 노려보고 있다
무엇을 보는 걸까?

꿈의 동굴에는 서서히 물이 들어차고 있었다
옆에 놓인 컵을 쏟아 잠에서 깼다
꿈결은 축축했다

익사당하기 직전에 뱀아이를 품에 안고
동굴을 나오는 길에
이 동굴이 천년 전 바다와 연결된 해식동굴이었다는 것을 깨달았다
아름다운 풍경이었다

빛이 한군데가 아닌 여러 군데로 쏟아져
바다가 빛으로 휩싸인 미래라고 착각할 뻔했다

풍경에 눈이 먼 사이 나를 껴안은 뱀아이가 말했다

엄마, 나를 버리는 것이 엄마의 가장 큰 성공이면 좋겠어.

너는 언제 다 커버린 걸까
버스에 탄 사람들은 아이를 보고 귀엽다 웃는다

계류

밤의 계류에서
너를 흉내내는 것이 뛰놀고 있었습니다
다가가 물었습니다

어디서 왔니?

그것은 웃으며 말했습니다
저를 기억합니까 저를 기억하던가요

허락받았느냐고 묻는다면 늘 손을 뒤로 숨기는 버릇
그게 그렇게 될 줄은 나도 몰랐죠

우리 사이에 중단된 세계를 오가고 싶었습니다

그것 안아 들고 천천히 물길을 따라 걸었습니다
어째서 이렇게 가벼운 거야?
그리고 왜 이렇게 미끌거려

왜 우냐는 말은 하지 못했기 때문에
저는 짐짓 투덜거리는 척을 했어요

흐르는 물에 손을 넣고 있다면
흘러간 물은 나를 기억할까
내가 난처했다는 것과 구제불능이었다는 것

습도가 높은 날에는 맨살이 무를 것 같았고
조금만 부주의하면
미끄러운 마음 놓칠 수 있을 것 같았고

일어나보니 발치에 나를 흉내내는 것이 있었습니다
밤새 거기에 있었니
한 가지만 더 물어볼게

물어보십시오

우리는 중단된 세계에서도 우리였을까

경찰서에 그것을 돌려주었습니다
제복을 입은 사람은 나를 쳐다보지도 않고 가보라 했습니다

그것은 가만히 젖어가는 종이 상자에 뭉그러진 채

제가 만일 훗날 사람의 마음을 갖게 된다면요
그것을 드리겠습니다

다시 가본 밤의 계류는 겨우내 말라붙어

낮게 지속되는 설움 아래서
한껏 웅크린 채로

유예와 나

도시에 있는 가장 큰 첨탑에는 자주 요정이 내려왔다. 와서 혼자 몰래 울다가 갔다. 가끔 배가 고프면 먹을 것도 먹었다. 간혹 아이들이 첨탑에 올라갔다가 본 요정은 인간의 곱절보다 컸고 괴상한 모양새였으므로 아이들은 놀라 자빠졌다. 첨탑에서 떨어져 죽은 아이들이 많아지자 사람들은 첨탑을 막아놓았다. 그곳은 이제 탑이 아닌 기둥이 되었다.

공원에 유예가 앉아 있다. 나에게 왜 이제 왔느냐고 묻는다.

종종 유예는 하늘을 본다. 꼭 하늘이 너무도 가까이 와 있는 것만 같지 않느냐고 묻는다. 유예는 가끔 욕심이 그득해서 눈동자가 번들거릴 때도 있지만 어떨 때는 아무것도 바라는 게 없는 텅 빈 눈을 하고 있다. 유예는 내 앞에 너무도 가까이 와 있다. 유예가 고개를 가로저을 때 목선이 드러나 섹시해 보인다. 눈을 감았다가 다시 유예를 보면 그 애는 마치 내가 잃어버렸던 물건처럼 보인다. 유예는 나를 남겨두고 빠르게 유예의 시간으로 간다. 그럴 때마다 유예는 전 애인처럼 보인다.

어느 밤 비가 많이 와서 도시가 모두 물에 잠겼다. 기둥만 남기고 모두 잠겼다. 거리에는 사람들이 적당하다. 유예를 아는 사람은 없다. 그 뒤로 유예를 공원에서 본 적은 없지만

가끔 날씨를 만드는
무중력 속에서 여름을 생각할 때.

저지대

장례지도사는 너를 껴안고 있다 네가 이 죽음을 마무리할 도구라도 되는 것처럼

이 풍광은 뿌연 에메랄드빛에 갇혀 있고 싸놓은 손수건에는 어제 먹다 남은 낱말 몇 개가 있다 네가 돌보는 오리들은 강가에 푹신하게 앉아 있다 세상은 아직 존재하고 있다 고요하고 지독하게 시간이 흐르고 있는 강가 옆 파다만 동그란 묘는 안전해 보인다

도굴꾼의 소식은 가끔 철새들이 떨어트리고 간다 너와 네 오리들은 풍광 속 아름다운 오브제인 것만 같다 듬성듬성 핀 양귀비꽃 부드러운 비단이끼 빛을 잃은 떨기나무 너는 그 아래 있다 유클리드기하학에 따르면 원은 한 점으로부터 길이가 같은 직선이 뻗어 나갈 때 만나는 점들로 둘러싸여 만들어진 평면도형

너는 가끔 어린 네가 너도 모르는 새 전개되었다는 것을 믿을 수 없다 무덤으로부터 오리들은 떨어지지 않는다 어쩌면 작은 들꽃조차 이 풍광을 좀 더 유지시키고 싶은 듯이 보인다

시간은 멈춰진다 저 멀리 땅이 좀 더 높은 곳에는 철로가 세워지고 있다 그러나 어쩌면 예전의 이야기 기차는 새보다 더 멀리 가서는 안 된다 강의 시간을 무시한 채로 그럴 수는 없는 노릇이다 습지를 가장한 설움은 함께 매장된 모양새 이곳에는 바람 불 때마다 모르포나비의 인분 냄새

저 멀리 희미하게 기차 우는 소리 어떤 죽음은 낮은 곳으로 먼저 도착한다 어떤 도형은 너를 끌어안고 숨죽인다 떨어트린 손수건 선분들을 늘어놓으면 이것은 조금 짧고 저것은 길다는 것 그럼에도 사람은 원이 될 수 있을까 시간은 동그래진다 무덤은 불가능으로 만들어진다

암실

정육면체 암실에 루코코가 서 있다 루코코가 나쁜 마음을 먹자 암실이 괴상한 모양으로 비틀어지기 시작한다 루코코가 버둥거리는 딱정벌레를 보고 제자리로 돌려놓았을 때 세계는 이상한 모양으로 일그러진다 라디오에서 투우사와 전직 해군이 싸우는 레슬링 방송이 흘러나온다 루코코는 손톱을 깎는다 또각또각 소리가 난다 손톱 담은 종이를 몇 번 접어버린다 사진 A와 B 둘 중 하나를 골라 현상액에 담근다 찰랑거리는 소리도 나지 않는 묵직한 액체 암실은 점 선 면으로 이뤄져 있다 암실 밖은 오전인지 오후인지 알 수 없는 영원이 감돌고 있다 이 현상은 끝나지 않는다 루코코는 서서히 부풀고 있다 라디오에서 울리는 와아아아 하는 소리 밖에서 누군가 돌을 던지는 것이 느껴진다 그게 누구든지 그만두게 해야겠다는 생각을 한다 마음 한 조각으로써 그렇게 한다 그가 준비한 것들은 이 정도이 깜냥밖에 되지 않는다 루코코는 현상액에서 빼낸 종이를 줄에 건다 전철 소리가 난다 무언가를 통과하는 중에는 마음이 상해버리는 것 같다 시간이 흐르는 것만 같다 그의 마음 한 조각, 단 한 조각만으로도 루코코는 능히 해낼 수 있을까 그것은 누르기만 하면 되는 자판기가 아니다 그가 볼륨을 줄이자 그 아래로 어떤 것들은 줄지어 선다 암실이 조금 더 물렁한 방향으로 흐른다 손톱 버린 종이를 몇 번 접었고 레슬링에서 누가 쓰러졌고 누가 서 있는지도 모른

채 루코코는 루코코의 단 한 조각 그 마음 누군가 이겼음을 짐작해야 한다

굿바이

방화복을 입은 더크와 방화범 피트의 대결* 중
불타는 은행 금고 속 고아들이 보입니다
나는 저 버려진 기계아이의 대부입니다
화면 속 아이들은 초콜릿처럼 녹아내리고 있었습니다
나는 아이에게 잘해준 것 하나 없습니다
아이의 아버지가 죽을 때 장례식에 다녀온 기억뿐
그는 나의 연인이었습니다

우리가 멸종에 관해 이야기하며 다정한 말 나눴을 때
우리라는 종은 서로에게 가축화되기 위해
수많은 시간을 거쳐왔다고
만약 서로가 서로의 끝을 본다면
꽤 나쁜 일은 아닐 거라고 그는 말했습니다

시간이 불균형하게 느껴질 때마다
고운 가루를 체에 내려칠 때 한쪽으로 치우치듯이
이건 서로가 함께 존재하기 때문이라고

뭉쳐진 설탕 덩어리를 씹으면 단맛을 느끼지 못하게 되는 것처럼
즐거운 꿈에서는 어제의 네 잘못도 사랑하게 될까

나는 언뜻 아이에게 그가 내 이야기를 했느냐고 물었습니다
아이는 사탕을 핥으며 고개를 가로저었습니다
헤어질 때 아이 이야기를 종종 하는 그에게
왜 낳았느냐고 묻자 그는 카드게임에서 졌다고 말했습니다
가끔 이기고 싶다는 마음과 지고 싶다는 마음이 구별되지 않아

석양이 내리면 타오르는 불티를 본 듯이
얼굴이 뜨거웠습니다
일어나면 팔이 저렸습니다 누군가 팔을 베고 잔 듯이

나, 그에게 잘해달라는 부탁을 들은 적은 없습니다
티비 속 방화복을 입은 영웅이 아이들을 구할까요
방화범은 은행을 불태워 악명을 드높일까요
아이들은 그새 초콜릿처럼 녹아내리고 있어요

시민들은 피가 끓어 고함을 지르며 누군가를 응원하고 있었습니다
나는 골목 사이로 사라지는 방화범을 보았습니다

그는 받은 물건들을 헤어진 뒤 돌려주는 버릇이 있었죠
어제의 그를 닮은 그림자를 용서할 수 있을까요

어쩌면 영영 이대로 살지도 모르겠지만
아이가 크면 적금을 들어두어야겠다 돈이 많이 들 테니까
하고 싶은 모든 것을 들어줄 테지만
슬픔만은 기르지 말라고 말해주어야겠다
슬픔은 오랜 세월 너를 책임지려 들 거야 감당할 수 있겠니

아이는 볼 때마다 한 뼘도 자라지 않았습니다
우리의 성숙하지 못한 굿바이처럼

무언가 예금한 이들은 발을 동동거리며
시간을 멈춰달라 신께 빕니다
그러나 나는 은행에 맡긴 것이 없군요
다만 버려진 기계아이의 대부
굿바이
우리의 반반 나누어 가진 의수

* 넷플릭스 〈컵헤드 쇼!〉 9화 주인공이 듣고 있는 라디오에서는 두근두근 더크와 방화범의 대결이 소개된다. 더크는 방화복을 입고 불타는 은행 금고 속 고아들을 구하러 간다는 내용이 나오지만 그 뒤는 어떻게 되었는지 알 수 없다.

밤에 둘러싸이다

반 아이들에게 둘러싸인 곳에서 노래를 부르려고 번호를 눌렀다. 린의 사랑했잖아 금영노래방 64331. 어째서 나는 이 노래의 번호를 알고 있는지? 이 노래는 바이브레이션을 요구하기에 호흡이 많이 필요하다고 널리 알려진 노래. 음색과 가창력과 감정을 모두 보여주기에 적합한 노래였다. 반주가 시작되고 노래를 부르려고 했지만 어쩐지 첫 소절이 잘 불러지지가 않아 고개를 두리번거리며 박자를 타며 음음 허밍 허밍…… 반 아이들은 나를 쳐다보는 대신 노래방 화면을 쳐다보았는데 나는 어쩐지 그게 더 부끄러웠지. 어째서 나는 이렇게 많은 사람들 앞에서 이 노래를 부르겠다고 한 걸까. 곁에 있던 바가지 머리 깡마른 일진이 나에게 속삭였다. 너 오늘 별로지? 얼굴도 그렇고 목소리도 그렇고. 네 전체적인 컨디션과 그로 인해 미루어보는 내일과 그다음 날의 컨디션까지도 별로일 거라고. 그렇게 말하는 일진에게 나는 지지 않기 위해 마이크를 들고 말했다. 나도 알아. 그렇지만 난 계속 별로였어. 계속 이 얼굴과 목소리로 지금도 그리고 백 년 후의 나도 별로일 거라고, 그러니까 그런 식으로 말하지 않아도 돼. 내 노래는 취소되었고 세 명이 하나의 인격으로 취급받는 아이돌 빠순이들과 반장 무리에 의해 마이크는 돌려지고 있었다. 미러볼은 계속해서 돌아가고 아이들이 마시던 크림소다와 누군가 탁자에 고이 올려놓은 빨다 만 담배 축축한 휴지가 깔린 재떨이에

는 침이 고여 있었고. 나는 그 후 몇 개의 노래를 마음속으로 더 생각해보았지만 모두 첫 소절과 첫 음정의 불안한 뉘앙스만이 부유한 채 밤은 존재하고 있었다. 허밍. 허밍…… 누군가 노래를 불렀지만 나는 허밍으로 알아듣고 있었다. 나는 내가 낸 소리를 듣기 위해 마이크를 잡은 걸지도 모른다.

비데오엠(vidéoème)*

이리는 전후 세대라 집에 훈장이 많다 자랑스러워하지는 않는 눈치다 전쟁이 끝난 뒤에는 총알을 녹여 훈장으로 만들었다는 말이 돌 정도로 훈장이 흔했다며 하지만 그것보다 사람을 죽이려 드는 납이 어떻게 그때를 그리워할 수 있는 물건이 되었는지가 궁금하다고 이리는 내게 말했다

어쩌면 그건 당연한 수순일지 모른다

내가 암전이라는 글자가 쓰인 동그란 버튼을 보면

누르지 않고는 못 배기는 것처럼

브라운관은 먹통이 된다 세계와 세계를 연결하는 통로가 된 듯 지직거린다

광고 영상은 한 번도 가보지 못한 휴양지를 외국어로 설명하고 있다 밤은 멍청하게 지속되는 비디오

이리에게 리모컨을 쥐여주면 채널 몇 번 돌리지 못하고 떨어트린다 이리는 밤과 낮을 구별하지 못한다 티비 편성표를 볼 줄 모르기 때문에

집에는 훈장만큼이나 단어가 많다 스위치나 가구 곳곳에 이름을 써놓았지만 이리가 헷갈리는 것은 단어가 아니라 기억

이리는 이제 시계를 숫자가 시시각각 바뀌는 미래라고 기억한다

변기는 잠복 중 열기를 식혀줄 우물
식탁은 지하 벙커
스위치는 간헐적인 신음

어느 날 공원 벤치에 앉아 있을 때 이리는 맑은 하늘을 천막이라고 인식하여 펄쩍 뛰며 잡으려 했다
이리 와 이리 아무도 우리를 가둔 적 없어
이리는 점차 자신이 이리였다는 사실을 잊어가는 듯 보였다 나는 그럴 때면 이리에게 스위치를 누르는 법을 가르쳐주었다
방 안의 스위치를 껐다가 켜면 우리는 무언가를 잊은 사람이 아니라 스위치를 누른 사람
그건 두려움을 잊을 수 있는 우리의 마지막 규칙

이리는 산란하게 흩어져 있다
나는 그것을 주워 다시 조립했다
이것은 이리의 앞면일까 뒷면일까 그러나 이리는 정도 반도 합도 아니다
방 안의 불은 어둡고 이리를 주워 담으려 해보지만 이리는 이미 엎질러진 물처럼 흘러내린다 스위치는 켜고 끔의 경계를 모르고 절반쯤 눌러진 채 켜지지도 꺼지지도 않는다 어린이 장난감 코너에서 눌러도 아무 일이 일어나지 않는 버튼처럼

훈장은 닦지 않아 녹이 슬어 있다 단어를 적어 넣은 스티커는 너덜거린다 이리에게 먹이다 만 흰 죽은 내 옷에 묻어 고소한 냄새를 풍기고 있다 브라운관은 먹통이다 이

리는 내 품 안에서 흘러내려 알 수 없는 외국의 단어로 흩어지고 있었다

화면에 글자가 송출되는 동안 우리는 어딘가의 난민이었다

* 차학경의 1976년 작업으로 비디오와 포엠을 합친 말.

코다크롬

빛의 미래에서 무엇을 보고 왔니
나를 보자 민은 물었다

왜 울어? 우리 그렇게 어두워?
민이 다시 물었다

나는 말했다
그러니까 우리는 미래의 우리에게 진 거 같아

넘겨본 사진집은 계속해서 동일한 필름을 사용하고 있었다
나는 언젠가 그 필름이 단종되었을 때
사진가의 마지막을 생각했지만

길을 걷다가 본 잿빛 공터는
누군가에 의해 점유되고 있었다
우리는 점유되는 것과 점유되지 못한 것
둘 중 무엇을 질투할지 얘기하며

엊그제 강가에서 빛무리를 보았다
너울너울 흩어지는 빛은 아라베스크 무늬가 되었다가
그로테스크한 무늬가 되었다가

이내 아름다운 초록빛으로 흩어져버렸다

필름은 채도가 높고 쨍한 색 온 세상의 빛을 가져다 쓴 것만 같이

사진집의 사람들은 온통 젊거나 늙어 있다
너는 양면의 세계가 지속되기를 바라고 있다

그러나 종말을 다른 세계로의 입구라고 생각하는 너는

네 질투는 조금 더 선한 쪽으로
모두를 한꺼번에 사랑하기 위함인 듯하고

사진가의 사진은 미래가 없이도 지속될 거라고
우리의 사랑하는 마음은 믿어 의심치 않고

그것은 더 나은 방향입니다
빛의 미래에서 본 것은
가끔 진다고 해도 넘어지지는 않는 세계의 배면

3부

애쓰는 마음

어제 애수에게 졌다
예정되었던 일이기에 마음을 놓으려 했다
잘되지는 않았다

애수는 줄곧 잘해왔고 나는 가끔 잘했을 뿐이다

우리는 명동의 큰 커피숍에서 만나 신점을 봤다
연미복 종업원이 다가와 커피푸딩을 내어주면
애수는 나에게 이 안에 이기지 못할 절망과
모든 것에 반대하고자 하는 마음을 넣고 굳혔다고 말했고
나는 그런 것쯤 두어 스푼으로 휘저으면 금세 뭉개질 일이라고 했다

그런가
세상은 생각보다 물렁한 모양인가
애수는 말했다

오늘 다툰 것은 모두 예정된 일이었다
애수와는

애수는 자주 자신이 시대와 싸우고 있다는 말을 했는데

내가 그런 게 과연 존재하느냐고 묻자
믿든 믿지 않든 신의 존재 비슷한 것을
껌 종이처럼 버릴 수는 없는 노릇이라고

어째서 눈은 늘 고요히 내릴까

애수는 여러 지역의 사투리를 섞어 쓰는 버릇을 가졌고
그래서인지 사람들을 너무 많이 사랑해버렸고
어쩐지 애환이 많았다

자신이 좋아하는 농담 중엔 꿈에 발자국을 찍을 수 있다면
애인의 문지방은 이미 닳아 없어졌을 거라는 말이 있으며

악몽을 꾸면
자신을 싫어하던 이들이 함께 모여
저질스럽게 야구를 보고 있으며
거기에는 자신의 전 애인도 끼어 있다고

오페라에 출연하는 아름다운 여가수가 나오는 고전소설을
마음 깊이 좋아하고 있으며
그 소설의 결말은
여가수가 병으로 죽는 것이라고

너는 콩팥이 좋지 않으니

물이 아닌 다른 음료는 먹지 말라는 사주를 볼 때마다
자신의 미래를 본 게 아니라
유년으로 돌아가 혼이 나는 것 같다고

애수는 입버릇처럼 말했다
눈이 내리면 모든 게 끝이 날 수도 있겠다

끝이 뭐냐고
커피푸딩을 얼마나 녹여 뭉개야 끝이 되는데
커피푸딩이 커피가 되는 시간 동안

애수는 창을 바라보면서 수행자가 되고 싶다 했다
일어나자마자 기도와 운동을 병행하고
밥을 먹고 일을 나가는 일련의 과정을
모두 수행이라고 생각하고 싶다고

그러나 송구영신이라는 말이 슬퍼 새해가 영영 오지 않았으면 해

우리는 영신함에서 거리가 먼 생물이었다

애수는 능란했지만 능숙하지는 못했다
날씨처럼 단발성에 가까웠으므로

근 시일 내로 눈이 내리기를 기다리는 우리는

약속 없는 세계

그날 송어 축제에서 돌아왔을 때 수만 마리의 생을 발아래 두었다는 이유로 나는 우울했다 밤은 고요했다 청회색으로 가라앉았다 나는 솔직한 사람을 사랑했다 그가 발아래에 어떤 두려움을 짓밟고 있는지를 알지 못하면서도

강은 네가 원하는 색을 풀어 물들여 그리고 내가 가진 저울은 늘 미친 여자의 심장 쪽으로 더 기울어 여기로 와 여기 검은 동굴이 있다 원하는 계절을 묶어 가두어놓았다

꿈틀거리는 생명성을 벽화에 아로새기면서 우리는 백년을 태운 재를 술에 넣고 섞어 마셨다 동굴을 벗어나면 더 가벼워질까 싶어 내가 사냥한 여름과 그가 대접한 겨울은 비슷한 모양의 그림이었다

눈을 뜨면
내가 부정하게 올라탈 때만 표를 검사하는 검표원이 있다

그런 세계가 여기에 있어
무릎이 붉게 축축해지기 시작하면 넘어지는 세계가

갖고 있던 동전은 눈을 뜨면 필요하지 않았다 우리에게 어울리지 않는 화폐는 모두 버리자 거리는 시대를 견딘 오래된 벽돌로 만들어졌고 고딕 면사포를 쓴 사람들이 장례에 초대되고 있다 그 성당은 미래를 부수어 만들어지고 있다

축제 중 가장 슬프다는 축제에 어서 와
너를 비롯한 나는 완성되지 않은 예배당에 도착할 시신을 기다리고 있어

그날 비선험의 동굴에서 깨어났을 때 수만 마리의 박쥐가 나를 아래에 둔 채 저녁놀을 향해 날아가고 있었다 환희 아니면 궁상 그 안에서 나는 시대를 갖지 못한 우리를 그리워했다 세계는 내 안에서 정으로 쪼개지고 있으면서도

기차가 어딘가로 나아간다는 것을 믿을 수 없어 역방향에 앉으면서도

마치

마치는 오늘도 경기에서 졌다. 맨날 지기만 하니? 마치에게 묻자 문을 쾅 닫고 들어갔다. 어릴 땐 오늘 지면 내일 이길 수 있는 줄 알았는데. 그러나 삶은 오늘 이긴 애가 계속해서 이기는 게임이야. 마치는 개천을 걸으며 중얼거렸다. 그의 고장에서는 매주마다 홈경기가 열리곤 하는데 아직까지 이겨본 적이 없다고 한다. 이기지도 못하는 팀을 계속 놔둘 수 없다고 원로회는 성화지만 도시의 권태감이 경기를 지속시키고 있고 구원투수를 기대하지만 몇 년째 기회는 오지 않고

마치 오늘 이긴 애가 계속해서 이기는 것 같아.

마치는 중얼거린다. 마치는 경기를 하다가도 꿈을 꾼다. 원로회와 시민들이 마치에게 돌을 던진다. 이 새끼야. 그딴 식으로 할 거면 사라져라. 죽어라. 마치는 꿈에서도 경기를 나가고 깨어나서도 경기에 나간다. 자다가 일어나서 헐레벌떡 허공 위로 신발끈을 묶는 시늉을 한다. 허공에 뭔가를 묶는 시늉을. 마치, 닳아 없어져 가고 있는 거야. 마치, 넌 없어지고 있는 거다. 계속되는 슬픔 때문에 마치는 큰 숲처럼 보인다. 네 패배는 정해져 있는 듯 보인다. 그런데 마치, 왜 계속 신발끈을 질끈 묶는 거니?

나 곧 돌아가려고. 어느 날 마치가 인공 호수 앞에 앉아 말한다. 마치 자신이 먼 나라에서 온 구원투수처럼 말한다. 갈 곳은 있냐고 묻자 그는 고개를 젓는다. 석양이 지는

데, 계속해서 빠른 속도로 저녁이 저녁을 몰고 오는데 마치는 내일도 이길 생각이 없고 마치는 이제 태양열을 받아 움직이는 조그만 인형처럼 보인다. 천천히 고개를 저으며 리듬감 있게 움직이고 있다. 도시가 테라리움 속으로 순식간에 빨려 들어간다. 내일의 경기는 아직 오지 않았다. 마치, 너 이겨볼 생각 해본 적은 있니? 그런 질문은 마치 처음 들어본 사람처럼.

마치 이게 과정이 아니라면 좋겠어.

마치는 대답하며 잔디밭에 누워 조금씩 부서지고 있었다.

새가 낮게 날면 비가 올 때

창세기가 떨어질 때 나는 세계를 받치려고 했다
무거워서 내려놓았다

저공비행을 하고 있는 엄마를 보았다
엄마는 어디 갑니까
바람은 낮은 기류를 타고 흐르는 하나의 현상

빨래를 내 안에서 말리면 우중충하게 마를 것 같아
그러나 햇볕은 심하게 나를 학대했던 전적이 있다

나는 몇 번을 되풀이하며 일어나는 알레고리를
자고 일어나면 예언이라고 종종 착각하고

내가 내려놓은 세계는 금세 발에 차여 깨져버렸다
쥐는 그것을 물고 어디로 훨훨 납니까

익 익

믿음이 배반하면 나는 왁
화를 내려 했다
그러나 입은 누군가 꿰매어놓은 듯 다물어졌고
꿈에서는 경전을 외우지 못해 순교당했다

도시에는 바람의 길이 있어 새는 그곳으로만 다닐까
내가 알 수 없는 부드럽고 투명한 기류로 만든 언어학적 소통일까

새가 낮게 날면 비가 올 때
몇 그램의 세계가 저공비행하고 있는 것을 보았다

쥐가 높게 울면 날이 갤 때

살찐 새가 날지 못하고 기어다녔다

엉 엉

옛 도시에서는 죽은 남편을 만나려면 입에 동전을 물고 강을 건너야 했다

이를 왕 물고 2호선을 탔다
강을 모두 건너면 죽은 애인을 볼 수 있는가

날이 따듯해지면 무릎이 아프거나 비염이 심해지는 사람들 사이로
나는 걸어 다녔다 환승
계절은 덫
이겨낼수록 갇힌 부위는 아파졌다

당신은 지금 곤경에 처해 있어요
사람이 나를 사랑하면 그건 잘못된 거라고 다독였다

죽음에 가장 가까운
이 열차는 무한한 궤도를 돌고 있다
그러나 누군가를 사랑하는 나는
나에게 꼭 필요했다

너무 많은 동전을 삼켜 내장은 더부룩했다
기어다니는 새는 사람들 사이로 사라진다

사랑하기 전에는
할 일을 모두 해치워야 했다

문의 저편

문의 저편에는 의자가 있는 것만 같다
들어간 사람들이 오랫동안 나오지 않으니까

나는 어린 시절 문으로 들어간 적 있다

안에는 형편없는 카운슬러 혹은 기계 응답장치
혹은 내 형제를 빼닮은 아이 있었던가

진눈깨비가 내리면 그걸 눈이라 생각할 때까지
사람은 얼마나 많은 믿음을 겪어야 할까

문틈 사이로 손가락 하나 넣어두며
누군가의 인기척이 들릴 때까지 그걸 지속하는 일

문 뒤에서 소리를 지르면
사람들은 어린 동물이 있을까 걱정할 것이다
찧인 발 때문에 울고 있을까 두려워할 것이다

그러나 어째서 문은 뒤로만 구성되어 있을까
앞은 영원히 궁금해해도 오지 않는 것처럼

문의 저편에 얼마나 많은 의자가 있기에
얼마나 많은 짐승의 발을 찧게 하는지

왜 들어간 사람들은 나오지 않을까

손가락 사이로 흘러나오는 문의 빛
차양 아래로 들이치는 진눈깨비

나는 그 앞에서 슬픔과 오해를 구분하려 한 적이 있다
그것을 문의 저편이라 불렀다

드러누운 뒤 뻗은 손이 저려오고 있는 것만 같다

삼십이인용 식탁

아버지는 나를 모르는 사람처럼 군다
마치 식탁에 오래 앉아 있기 위한 방법이라도 되는 듯이

식탁은 접시 놓을 곳 없이 꽉 차 있다
어제의 식탁은 우리에게 너무 작다

유원지에서는 침을 일 분에 마흔네 번 뱉을 수 있는 사람을 모두가 모여 관람하고 있었다
따라해보면 금방 머리가 아파졌고

뒷마당에는 떨기나무들이 자라고 있었다 습기를 머금어 부드러운 나무 계속해서 자르는 사람

그걸 왜 함부로 잘라요?

식탁 위에는 어제 먹고 남은 접시들이 늘어져 있다
쉽게 죄책감이 되어버리는

유원지는 언제나 사람으로 들끓고 있다 어떤 인원이든 수용할 수 있다는 듯이
침을 뱉는 기인은 이제 더 많이 침을 뱉어야 했는데

이제 이 식탁은 우리에게 너무 작다

뒤뜰은 남은 것이 없는 황량함 우리는 무언가를 위해 애
쓰고 있어 아버지?

식탁은 넓지만 우리가 앉을 자리는 없는 것 같다

오늘 나무를 잘라 나의 가장 큰 식탁보다도 더 큰 식탁
만드는 꿈을 꾸었다

수몰지구

여기는 옛날에 풍요로운 마을이었대
손님이 오면 맛있는 것을 먹이고 재워 돌려보냈대
어느 날 불이 나서 모두 새빨갛게 타버리고
사람들은 강에 들어가 젖은 모포를 뒤집어쓰고
불이 잦아지길 기다리다가 그대로 돌과 바위가 되었다

우리는 강가에 앉아 손을 잡고 있다
허벅지와 엉덩이는 벌써 강의 일부가 된 것 같다
누군가 정말 용을 잡을 수 있는 거냐고 묻는다
쇠붙이도 없이 맞잡은 미끄럽고 차가운 손

이 강은 기억의 용이 변해 만들어졌대
예전에 용은 마을의 처녀와 결혼해 아이를 낳곤
행복하게 인간으로 살다가 자신이 누구인지를 잊어버렸
대
그다음부터 마을엔 염원하는 것이 있으면
강에 기도를 하는 풍습이 생겼다

예전에는 무한하게 걸어도 끝나지 않는
푹신한 흙과 부드러운 이끼와 정돈된 초원 위로
관용이 있는 서로가 함께 길을 걸었대

산책의 기억은 희미했지만
가끔 검은 개가 빙빙 돌다 강에 오줌을 싸고 지나갔다

우리는 이슬을 맞으며 무언가를 기다리고 있다
서로의 얼굴은 모두 푸르스름하게 둥그래진다
얽히고 섞여
비슷해지고 비슷해진다

강의 상류에서 하류로 흐르는 물은
어떻게 내가 나였음을 확신하는 걸까요
나의 과거와 잘못은 모두 같은 얼굴인 듯이

땀이 나도 손을 닦을 곳이 없었다
망각이 자꾸만 찾아와 몸을 굳혔다
옆에 있는 이의 얼굴을 보고 자신의 얼굴을 짐작했다
용은 우리를 낳은 적이 있으니 우리는 서로의 자매였을 것이다

여기는 예전에 허허벌판이었다
물이 스스로 자라나서 가득 메워졌다가
다시 가라앉길 반복했다가 돌과 바위만 그대로

사다리를 붙잡은 사람

산책에서 걷는 물을 보았다
어째서 걷고 있니
흐르기 싫으니까
어디까지 걸을 셈이야
내가 그만두고 싶을 때까지
그런 뒤에 차라리 오르는 건 어때
올라도 봤어
그럼 내리는 건 어때
내려도 봤어
그럼 넌 뭘 하고 싶니
사다리를 붙잡고 있는 사람
사다리를 붙잡고 있는 사람?
사다리가 넘어지지 않게 붙잡는 사람
사다리를 오르는 이를 지켜보는 사람
얼마나 긴 사다리야
아주 긴 사다리야 끝도 없이 오를 수 있는
그럼 사다리를 영영 붙잡고 있어야 하는 거니
그런 거야
사다리를 붙잡는 일로 돈을 벌 수는 없나
있어 그러나 매우 어려울 거야
어떻게
사다리를 붙잡고 있는 시간당 급여를 받든지

사다리 오를 때 발 디디는 개수로 급여를 받는 거야
그러나 그건 사다리를 오르는 사람이 없으면
성립되지 않기 때문에
나는 돈을 벌 수 없다
나는 벌 수 없어
벌지 마
그런 거 하지 마 네가 하고 싶은 것만 해
나는 어쩐지 걷는 물을 응원하게 되었다
물은 나를 따라 걷다가 내 발을 붙잡아도 되겠느냐고 물었다
나는 얼마든지 그렇게 하라 말했다
사람들은 그것을 이윽고 파도라고 불렀는데
나는 사랑이 노동일 수 있는지 고민하게 되었다

캐치볼 테제

죽음은 일회성이라 다행이다
강에 뿌린 가루는 다시 돌아오지 않는다

천장과 뚜껑의 차이점은
누군가 덮은 것과 내가 덮은 것

공놀이에 대한 감각이 없다는 말을 들었어

나에게는 수백 개의 공이 늘 한꺼번에 날아왔어요
그것도 공놀이라고 할 수 있나요

솔직한 사람은 누르는 곳마다 아프다고 했다
빈 손아귀에
들러붙는 이 뻐근한 감각

날아오는 공을 보면
나는 눈을 깜빡이는 사람이 되었다

잡으라고 던진 거야
받으라고 던진 건 아니잖아요

훤히 뚫린 창공으로 가루 흩뿌려진다

꿈에서는 절단된 손으로 공을 잡아 보였다
백 번도 넘게 살아나는 아버지

텅
빈 것 던진다

환상지통

한 손 가득 쥐고 던져도
돌아오지 않아 다행이다

저글링의 세계

그만두자
그만두고 싶으면 벌써 그만뒀겠지

비 내리는 공원 안에 홀로 호는 저글링을 하고 있다
그 영화에서는 낯선 사람이 다가와 네 맘을 다 이해한다고 말하던데
나는 이해하거나 이해하지 못하는 똑딱이 스위치를
종일 딸깍였던가

산책하는 사람들은 호를 비웃고 있다
그러나 호는 빙그레 웃으며 손안에 공을 굴리고

공은 던지는 순간 받아야 하지만 받는 순간 던져야 한단다

사람들은 어느 순간부터 저글링을 멈추지 않는 호를 무서워하게 되었다
호는 연신 왼손과 오른손을 번갈아 움직이는데

멈추지 못하겠니
네 세 번째 공이 왼손에 닿은 순간 지구는 좀 더 기울어졌다

그러나 호의 세 번째 공은 공중에 있는걸요
두 번째 공과 첫 번째 공 역시도
공중은 공들의 소유지였다

사람들은 다시금 말했다
네 두 번째 공이 공중에 머물 때마다 전쟁이 일어나고 있잖아

그러나 호의 공들은 모두 손에 닿아 있었고
공중이기 전에 손의 소유였다

저글링은 던지는 순간 받아야 하지만
나는 이해하는 순간 이해받지 못했다

받는 순간 던져야 할 때
이해받지 못하는 순간에도 나는 이해하곤 했다

호 그만두자 너 때문에 산책하는 사람들이 화내고 있잖아
호 비가 많이 온다 들어가자
호는 빙그레 웃으며 그냥 공을 굴리고 있을 뿐인데

봐라
공은 매우 닳아 이제 세계가 되었지?

호는 그렇게 말하는 듯하다
호가 저글링을 하고 있다는 사실만이
호가 저글링을 하고 있지 않다는 사실이 되었다

나는 입안에 혀를 굴리며 호를 바라보고 있다
새벽빛은 안개와 섞여 진공을 만들고 있다

생과 사

호는 웃으며 내게 홀로 서 있다

아게하

방 안에 혼자 남은 귀신은 살아생전 저의 친구였습니다
이제는 벽지에 남은 그을음이 되어버린

장을 봤는데 사지도 않은 것이 들어 있군요
나는 어제의 양파를 다 먹지도 못했는데요

해변의 볼(bowl)은 흔들리고 있답니다
아주 머나먼 섬에서 찾아온 유리병 속 편지

무슨 내용이 적혀 있을까
편지는 비밀스럽게 구는 미폭력적 미래

집에는 빈 박스가 많아요
다수의 공허와 나는 동거 중입니다

노래를 부르는 사람은 노래하는 마음이 될 것입니다
그러나 날 수 있는 마음이란 없는 것처럼

사람이 떨어지면 큰 가전이 떨어지는 소리가 난답니다
사람은 거대한 기구였던 거죠

정확히는 어떤 용법의?

아게하, 너는 뭘 할 수 있었니?
글쎄, 묻지 마. 이 꼴로 무슨 말을 하니.

하긴 그것도 그렇겠다 싶어요
꿈에서 본 미래는 별다를 것이 없어 슬펐습니다

그건 사랑하는 미래였던가
사랑하는 마음이란 게 있었나 아게하?

우리는 누가 벽에 남기고 간 동그라미의 안을 색칠하며
인류 최후의 항해를 하고 있는 중입니다

남은 채소는 먹기 싫네요

버드 리사이틀

죽음은 까마귀가 물고 갔다 어제 빠진 이빨처럼 꿈은 그런 식으로 진행되었다 어젯밤 읽은 희곡에선 마녀와 늑대가 키스한 뒤 새끼 양을 나눠 먹고 물을 마시려는 긴 머리 소녀를 위해 우물은 스스로 낮춰지고 다양한 빛깔의 돌을 넣곤 늑대의 배를 꿰매는 꿈

너 왜 그 책을 수백 번도 더 읽는 거니? 너는 바위산 한가운데를 달리며 말한다 아직도 차는 바위산을 벗어나지 못해 금방이라도 바위가 떨어져 깔릴 것만 같고 아 나는 그 책이 궁금해서가 아니라 무서워서 읽어 너야말로 앞이 보이지도 않는 어둠 속에서 어떻게 운전을 하는지가 궁금해 나는 독을 채운 어금니를 물고 싶었다 원할 때 키스하면 네가 깊은 잠에 빠지도록 하고 싶었다 지독하게 타인을 송두리째 뒤흔드는 네 씩씩하고 끔찍한 기질을 멈추게 하고 싶었다

어둠은 소리도 내지 않고 자꾸 자동차를 뒤따라온다 바위산도 어둠을 따라 음흉하게 달려온다 뒤에 오는 것에게 잡히지 않도록 빠르게 달려야 한다 우리 이 바위들이 무너져 깔리면 어떻게 될 것 같아? 너는 말했다 통각을 잃은 채로 죽는 것은 아름다운 죽음일지도 몰라 갑자기 차 문은 왜 잠가? 달칵거리는 소리가 들리면 나는 귀를 의심한다 너 지금 혹시나라고 말한 거니?

누군가는 이런 장면을 보면 꿈이라 눈치채고 달아나려 하지만 우리는 꿈에서는 달리기를 할 수 없어 그건 서로가 서로에게 건 주술이었다 바위산에는 정말로 늑대가 살까 밤의 타이어가 도로를 밟고 미끄러지듯 움직일 때 동물 울음소리가 길게 늘어지는 듯한 환청이 들린다 뒤에 있는 것이 앞에 있는 것을 잡아먹으려 우리에게로 오는 소리 몸을 웅크려 떨었다 멍청한 공포 영화의 주인공들처럼 너와 나는 설익은 과일처럼 보이겠지 운전 똑바로 해

자동차 히터 안에서 나오는 바람에 산 동물의 털이 빨려 들어와 코를 간지럽히는 기분 있지 어째서 희곡을 쓴 마녀는 늑대의 배를 찢어 그 안에 돌을 채웠을지 둘은 너무 오랫동안 연애한 탓이었대 죽음은 어둠에 물든 검은 새가 물고 갔다 석양이 지기 전에는 흰 새였을 것이다 박힌 파편은 오랫동안 우리의 일부였던

람다 세계

람다는 어제 강에서 슬픔을 연습하는 사람을 보았다. 나는 선뜻 데려오란 말을 하진 않았어. 람다는 그가 혼자 있다는 사실이 자신을 슬프게 한다고. 그는 엉덩이를 까놓고 멍하니 강변을 바라보고 있었는데 슬퍼 보였다고. 그러나 나는 안다. 엉덩이보다 람다의 눈이 슬프다는 것을. 람다의 눈은 슬픈 에메랄드 오월 빛으로 반짝인다는 것을. 나는 종종 람다를 내가 좋아하는 계절이라고 착각하였다. 람다가 사람을 자주 사랑할 때면 나는 사람을 자주 미워하곤 했는데 그럴 때마다 나는 우리가 신이었던 것처럼 느껴진 적이 있고. 람다는 아이스크림으로 노래를 지어 부르곤 했으나 사실 아이스크림을 좋아하지 않기에 오히려 좋아하려 노래를 지어 불렀다는 것을 나는 한여름에 알게 된 적이 있고. 그러므로 나는 이제 아이스크림이라는 개념을 람다보다 더 사랑하도록 준비된 사람처럼 보인다. 언젠가부터 람다와 나는 공책을 사 거기에 우리가 본 슬픔에 대해 적기로 하였다. 그것은 우리가 공유하고 있는 작은 정원이었다 우리는 거기에 무언가를 묻을 때마다 언제 싹이 날지를 이야기했다 나는 정원이 온전히 자리 잡기까지는 삼 년이 걸린다는 이야기를 공책에 적었다 우리가 삼 년 안 되게 쓴 이 공책은 모든 자리 잡지 않음의 기록. 그 뒤에 람다는 썼다. 우리에게 있어 슬픔은 어떤 신화에 나오는 열한 번 반복되는 세계와도 같다고. 우리는 몇 번째 세계를

반복하고 있는지 모른 채로 만났으며 그렇기에 우리가 느끼는 이 슬픔에 어떤 이유도 없음은 정당하다고. 너무 많은 이유는 이유가 없는 거나 마찬가지니까. 그것은 영원히 자리 잡히지 않는 우리의 정원이었다.

4부

묵시의 세계

택시기사는 손님이 놓고 간 우산은
비 오는 날에 우산 없이 탄 이에게 준다고 말했다

나는 참 좋은 일을 하신다고 답했다
어쩌면 세상의 균형은 그런 식으로 유지되는 게 아니겠습니까

도시에서는 늘 누군가 만들어놓은 길을 걸었다
한 번도 걸어본 적 없는 길이 이곳에서는 가장 좋은 길이 되었다
나는 오늘 걸은 길이 낯설었다

친구가 생손을 앓고 있다고 말했다
그대로 두었더니 한 세기가 지나도록 상처가 아물지를 않는다고
어쩌면 종말 때까지 아물지 않을지도 모르지

내가 나를 해치는 것은 자가면역질환의 일종인가
병을 선고받으면 나는 병으로써 걸어나갈 수 있었다

비가 오면
영영 모르는 길을 걸을 수도 있었다
우산을 잊었으니까

생이 활을 만나야만 생활이 된다고 하는데
나는 반쪽짜리 우연으로 걸어 다니곤 하는
아직 아물지 않은 손톱

더하거나 뺌으로써 보존되는 세계의 법칙이나
내가 아직 알지 못하는 미래가 다가올 때는
어려웠다
솔직해져 보고 싶었다

마지막이 다가오면 사람들은 손을 모으고
사랑하는 이에게 달려갈 수 있게 해달라는 기도를 올린다고 하던데

나는 가만히 길에 서 있을 것이다

생은 끝까지 혼란한 채로
내게 가만히 내리고 있는 빗방울

아픈 것은 제때 치료해야 합니다
몸이 보내는 신호에 솔직하게 굴려 애쓴다

손님 우산 없으세요?
기사가 내게 묻는다

그의 트렁크에는 수많은 우산이 있다
나는 마음에 드는 것을 가져볼까 한다

특별한 몬테크리스 캠프

이 안에는 특별한 슬픔 가득합니다 어떤 것을 잃은 사람만이 참여할 수 있는 캠프 예를 들면 맨발로 해변을 걷다가 밟은 유리 조각 타인의 농담이 그처럼 따갑게 느껴지는 사람만이 죽음을 헤아릴 수 있을까요 캠프 지역 바다는 해초가 사람 키의 두 배도 넘게 자라고 그렇기에 깊숙한 곳으로 들어가면 안 됩니다 누군가 발목을 휘감는 감각이 든다면 자다가 걸린 이불이거나 혹은 스틱스 강에 어린 아킬레우스를 거꾸로 담갔던 신화처럼 발목을 잡고 놔주지 않던 아버지 베이스캠프에는 안개가 자주 끼므로 사슴의 머리와 사람의 머리를 혼동하는 사고가 잦습니다 캠프 파이어 중 옆 사람과 울다가 키스한다면 그것은 어린 사슴일지도 모릅니다 사람의 머리는 뿔이 나지 않은 매끈한 동그라미입니다 어제라는 단어가 캠프 안에서는 종종 사라집니다 오솔길에는 사람들이 밟아 부서진 솔방울과 길을 잃지 않으려 떨어트린 과자를 구별할 수 없습니다 어제라는 단어를 종일 발음한다면 나 좀 더 과거와 현재를 구분할 수 있을까요 그러나 지나가는 개구리의 몸을 무심결에 밟는 사람들 틈에서 나는 아버지를 본 적이 있어요 캠프의 카탈로그에는 개인사가 많습니다 어쩌면 모두의 사적인 사연 자가발전 라디오는 계속 흘러나오고 오늘의 슬픔이 자연스럽게 몸을 감싼다면 매트에 몸을 누이세요 몬테크리스가 지나가며 당신의 몸 상태를 체크하고 피톤치드 아로마를

뿌려줍니다 놀라지 마세요 피톤치드의 뜻은 식물에 의해 죽임당하다 그러나 당신은 또 아침이면 일어나 손과 발 무릎과 손목을 천천히 움직이겠습니다 다시금 지속되는 그리하여 살아 있다는 감각 그것은 영원한 루머에 지나지 않음을 느끼세요*

* 최승자, 「일찌기 나는」 "내가 살아 있다는 것, / 그것은 영원한 루머에 지나지 않는다."에서 차용.

검고 푸른 양

양의 다리에서는 짠맛이 났다 날 낳은 어머니였다 나는 줄곧 녹색빛이 가득한 음지에서 한평생 살았다 나는 그 안에서 도모되거나 웅크렸다 융성한 죽음을 틈새로 조금씩 받아먹으며 자랐다

양에 대해 말하지 않을 수 있다면 나는 진정 그렇게 했겠다 어느 거리에서 이유 모르게 잡혀 고문당하거나 지나가던 사람들의 우스갯소리에 수치심을 잔뜩 느껴 달아오르거나 믿음과 다짐을 혼동하거나 일어나면 잔뜩 번 돈이 쓰지도 않았는데 사라져 있거나 내가 삼키지 않은 음식을 토해내거나 입지도 않은 옷은 의자 위에 쌓여져 있거나

입은 옷의 단추를 잘못 잠그면 양은 나를 팽개친다 나는 양에게서 망쳐진 두 발 나는 그것만 보고 살았다 그것만 보고 살 테다 양은 두 가지의 문장만을 말할 수 있는 정언명령 누군가에게 양은 수사학의 이미지 광증의 어머니는 지도편달 부탁드립니다 언어는 부정 언어로써 인도된다 등가는 곧 낙차되었다 한 번도 깨끗한 물을 마셔본 적은 없었다 양의 다리는 검푸른색

검다와 푸르다 사이 수많은 멍들 속에서 나는 조용하고도 아름답게 낙하된다 나는 양이 낳은 부드러운 감각의 사

생아였다 양은 남편을 잃은 미친 여인이었다 말린 빨래에
서는 오줌 냄새가 났다 어머니는 나의 처참한 미시 세계에
서 더욱더 망쳐진 시였다

아오리스트*

나는 목요일이라는 단어를 처음 들어본 사람 어쩌면 나에게도 태어난 요일이라는 게 있다면 나는 목요일에 태어났을 수도 있다 날이 흐렸던 수요일은 목요일의 전날이다 그날 태어나 그날 걸었다

슬픈 동물의 이름을 고도라고 지으면 고도는 내게서 떠나지 않는다고 말장난할 텐데 사람들은 저마다 태어난 요일을 가지고 있었다 창문 밖 이들은 목요일처럼 보이지 않으려고 이상한 걸음으로 걸었다 횡단보도는 사람의 보폭을 신경 쓰지 않고 만들어졌다

여자는 내게 90년대 소설을 설명해준다 나는 안다 그 소설의 여자가 형체도 없이 사라졌다는 것 여자는 내게 실종된 것을 찾아본 적 있느냐고 묻는다 나는 돌아온 것을 사랑해본 적은 있다고 말한다 두 문장의 차이점을 알지 못하는 사람처럼 우리는 다른 방식으로 숨 쉰다 목요일의 아이는 목요일에서 찾을 수 없었다 목요일은 늘 같은 숫자로 이루어져 있지 않은 세계임을 나는 알지 못했다

부정문으로 만들어진 단어는 자꾸만 세계와 유리된다 빛이라는 글자 앞에서 나는 쏟아짐 눈부심 천천히 사라짐 넘치거나 부족함 그 모든 것 목요일은 무겁다 수요일은 떠

났고 금요일은 아직 오지 않을 태세다 창밖은 고정된 채로 무수한 프레임의 연결이었다 여자는 나와 함께 존재하지 않는다 횡단보도가 있는 도시의 금요일로 떠났다

날이 추워 창을 닫는다 불을 켜 방을 밝힌다 컵 안에 물을 따른다 공기는 금세 따듯해진다 금요일의 여자는 내게 반복되는 몇 가지 작업을 일러주었다 나는 영원하게 이어지는 단절된 작업을 수행하는 동물 여자가 남기고 간 단어 몇 개는 파르티잔 배회 분절 점자 시제 아오이 요일 점유 숫자 서성이다 영영 내가 가져보지 못한 것을 창밖의 사람들은 비밀이라 말했다 나는 목요일이라는 단어를 처음 들어본 사람처럼 군다

금요일의 여자는 아직 내게 도착되지 않았다 여자는 다시 만나면 색깔을 알려주겠다고 말하고 떠났다 나는 목요일을 이해하고 싶은 사람처럼 군다 떠나다 사라지다 돌아오다 이해하다 오해하다 걷다 돌아서다 생은 걷다가 서성이다가 이내 상실을 이해해야 하는 서사 속 한 장면이었다고 여자는 마지막 문장으로써 말한다 나는 창밖으로 풍경을 보고 있다 몇 가지의 풍경이 내게 오려다 만다 누군가 내게 목요일을 알려주었던 기억

* 그리스어 시제로 명확한 시점을 밝히지 않는 부정(不定) 과거.

다신론

내가 믿는 것이 유일하지 않다는 사실
이 숲에는 시체가 묻혀 있다
시체는 한 구가 아니다

오늘의 숲은 위악적이다

나는 빨간 망토가 아니다
나무를 자르는 목수가 아니다
안개 속 수도승이 아니다

오히려 나는 아이를 잃은 뱀여인
접시의 시체
파도의 사생아

1. 요양보호

나의 집엔 죽어가는 노인네 서른여섯 마리가 있어
식사 시간에 늦으면 안 된다

침대에 누운 노인네들은 접시와 칼을 들고 모두 나를 바라본다
울다 웃으며 네가 가진 것 모두 내놓으라 하는데

꿈에서는 수많은 아이를 잉태해본 적
그러나 아이들은 모두 손쉽게 나보다 늙었고

나의 늙은 아이들은 나의 젊음을 탐낸다

어머니는 할머니에게 칼을 들고 묻는다
네가 죽으면 나도 죽어
그러나 거울을 바라보고 죽으면
거울 속 내가 사는 아이러니

2. 고고학

나무를 자르다
숲에 묻힌 뼈를 보았다
나의 개는 그것을 파서 신나게 물고 다녔다

존 그만둬. 그래선 안 돼.
누군가의 생을 그런 식으로 물어뜯어선 안 돼.

나무가 이 사람의 부끄러움을 가리고 있는 것처럼
죽은 여인을 가려주는 거대한 휘장처럼
숲은 닫힌 무대의 막처럼

3. 가정폭력

흩뿌려지는 숲 안개 속으로 보이는 계단
계단은 언제나 혼자선 견딜 수 없다는 듯 복수로 존재했다

천 일째 석상에 인어의 고기를 바치는 저 남자는
수십 년 전 아내를 잃었다

장마는
수만 개의 신경다발

바다에 내리는 비는 알까
무언가를 채우는 동시에 누군가는 버리고 있음을

남자는 아내와 아이를 자신의 손으로 죽였지만
자신을 동정하는 일을 그만두고 싶지 않아서
죽음은 모두 잊었다

잊힌 죽음은 새로운 집으로 돌아가
파도가 낳지 못한 알껍질로 부서졌다

숲의 끝에 있는 바다로 이어지는 절벽 아래
모래 해변에서 새의 알껍질을 주운 소년

새벽녘 바다로 이어지는 강은 조용히 자살하고 있었다

4. 다신론

마침내 내가 본 것은 조란학
해변의 수많은 신이 태어나는 광경
알 속에서 꺼낸 것은 서로 다른 믿음

내가 믿는 것이 유일하지 않다는 사실로 인해
수평선 너머
시간이 탄생하고 있었다

바다는 방관자였다
숲은 오래된 공범이었다
나는 나의 유일한 증언자였다

선지자가 키우는 나

내 선지자는 연락 한 통 없이 나를 떠났다
그는 세계를 지키려 했구나 짐작할 뿐이다

나는 불 꺼진 화장실 욕조에서 재배되었다
신탁과 함께 틈새로 새어 나오는 창백한 빛으로 길러졌다
선지자가 술에 취해 들어와 싸재낀 오줌 방울을 양분 삼아
미안하다는 술주정을 교훈 삼아 길러지게 되었다

선지자의 전 애인은 배꼽티를 입고 늘 담배를 꼬나물고
죄책감에 빠지지 않기 위해 남을 괴롭히는 부류의 여자였다고 하는데
나는 몇 가지 단어만으로도 네 전 애인을 싫어할 수 있는데
선지자는 공포를 그녀에게 상속받은 듯이 굴었다

자줏빛 배양액은 자주 앉은키보다 높아지고
나는 세례나 교리 따위는 모르는 짐승
옆에 앉은 신탁이 자라서 어떤 괴물이 될지는 모르겠다
얘는 나보다 더 불행하며 자주 선지자를 목놓아 부르는데

두려워하라
그러지 않으면 인간으로서 살 수 없으며
사람들은 인간이 되려고 모두 무언가를 두려워하고

칫솔 살균 소독기의 램프 빛을 먹으며
이른 새벽녘
성전은 어디에나 있다는 말이 두려웠다

욕조는 나와 함께 유기되었다
불 꺼진 세계를 감싸 안기엔 작다

패러독스 빛

나는 영원히 이렇게 사는 귀신을 등에 업어 어르고 달래고 품고 다녔다 새벽에서 저녁까지 열심히 칭얼대는 귀신을 뭐가 문제니 뭐가 문제야 제발 좀 조용히 해라 사람들이 듣겠다 하고 다녔다

챈은 저녁밥을 지어 내가 먹을 때까지 기다렸다 나는 밥을 짓는 사람의 마음 따위 알고 싶지 않았다 밥 먹어 싫어 밥 먹어 싫어 좋은 말 할 때 밥 먹어 나는 싫은 소리까지 하며 밥 먹으라 하는 사람의 마음 알지 못한다

챈은 산책하다 비에 젖어 날지 못하는 까치를 데려온 적이 있는데 나는 까치를 보자마자 언제 은혜를 갚느냐고 물었다 챈은 아직 다 낫지도 않았으며 오히려 집으로 데려온 것이 해코지라고 생각하여 복수할지도 모른다고 했다 챈은 복수할 마음을 데리고 들어온 것이었다

집에는 삶은 계란이 많이 있어 어릴 적부터 병아리를 키우면 삶은 달걀을 으깨서 주곤 하였지 많이 먹어라 네가 되지 못한 너를 먹고 커라 장성해져라 내가 되지 못한 것을 먹고 자라면 나는 어떤 모양이 될까 등에 업은 귀신이 칭얼대었다 배가 고픈 모양이구나 제 살을 먹어라 이 황혼은 어째서 누를 황 자를 쓰면서 푸른빛일까 아직 덜 여문 것일까

챈은 이불보를 탁탁 털어 나에게 여름 잠자리를 마련해 주고 있다 영화가 끝난 저녁 아직도 해는 질 생각을 하지 않는구나 너 오늘 여기서 자라 도무지 집에 갈 생각을 하지 않는구나 이제 우리는 해가 떠도 언제 갈 거냐고 묻는 절차를 생략하는 암묵적 계약 관계였으니까

등을 돌려 누운 뒤 허공에 그림을 그려 맞추는 시늉을 하면 우리는 그림자가 되었다 문을 부리로 쿡쿡 찍는 새 날지 않고 경중 뛰어다니는 새 그러나 너에게는 끝이 있어? 끝이 있을까 뒤돌아보면 대답해주는 사람이 있을까 두려워 밥 짓는 냄새가 나면 나는 내가 나를 먹일까 두려워 빚은 빚으로 해결될 수 있을까 빚은 더해지는 것일까 연쇄일까 쇄신일까 빚은 어떻게 빚이 자라는지 모른 채로 빚을 먹이고 입히는 것을 나는 본 적이 있고

볼퍼팅어*

잠든 사이 자라난 커다란 귀는 나의 애인이 되었다
새벽 내내 끌어안고 쓰다듬다

자를까? 확 잘라버릴까?

빛나는 뿔과 이빨이 사라넌 날
가시덤불 위로 은색 바람 불었을 때
내 머리 위 짐승아

창문 너머 피아노는 이빨이 너무 많아 보인다
혀로 입안을 훑으면 유령의 맛이 난다

토마토가 나는 계절에 의사는 하얗게 질린다고 하는데
의사의 마음이 이해되는 건 왜일까

저녁놀에 나는 어린 올빼미들
천천히 붉어지는 것을 보면 참을 수 없었다

어깨에 큰 새를 얹고 다녔던 남자는
어느 날 새가 날아가자 내게 말했다
그럴 줄은 몰랐어요 정말로

피의와 피해

저 창문은 어째서 저렇게 둥글까
둥그런 빛만을 허용하는 것처럼

유월절이 되면 내 피를 내가 발라볼까
나는 왕의 버려진 장자였을지도 모른다

손가락의 개수와 이빨의 개수가 다르다는 이유로 죽임
당한

사랑하던 나의 붉은 터럭은 속삭인다
잘라라, 내 떨어지지 않던 잘못

죽음의 천사는 두 귀가 길고 날개가 여섯 쌍 있었으며……

* 독일 민담에 나오는 환상의 동물.

검은 느시

검은 느시가 날 데리러 왔다
건물의 반사된 빛은 쏟아지고 있었다
버려진 채 오래도록 흐르던
시간의 강 너머로
놓아버린 풍선은 날아가고 있었다
저수지로 연결되는 물길을 따라
아이들은 잔혹하지만 다정하게 웃고 있었다

나는 사람이 사람을 죽일까 봐 두려워하고 있었다
네가 너를 죽일까 봐
강에 사람은 점점 더 바글바글해졌다
죽은 용의 비늘을 벗기며
아이들은 잔혹하고 아름답게 웃고 있었다

허벅지에 상처가 나는 것도 모른 채 강둑을 넘었다
물살이 너무 세서 앞으로 나아갈 수 없는데도
빛과 나비는 강을 힘차게 부유하다가 다시 가라앉아
하나의 대기 현상이 되어가고 있을 때

모두가 이곳에 발이나 손을 담그고 있다는 사실이 두려웠다
그러나 죽음과 사랑이 가득한 이 장소를

우리는 벗어날 수 없었다
누군가에게 아듀라고 말할 때는
내 안으로 널 불러들이겠다는 뜻*

* 자크 데리다, 『아듀 레비나스』.

큰새와 영영

큰새와 영영은 이백 년 동안 교제한 영혼입니다
큰새와 영영은 늘 좋았답니다
모든 게 행복했답니다
영영은 커서 큰새를 업어주기로 하였고
큰새는 나중에 영영에게 집을 사주기로 했답니다
그러나 미래에도 둘의 집은 없답니다
큰새는 영영에게 집을 사주지 못하는 자신을 슬퍼했답니다
여기서 큰새는 슬픔에 빠지려나
국을 끓여 위에 뜨는 거품을 모조리 걷어내는
영영을 보고 큰새는 그만두라고 말했습니다
영영 그러다 국을 모조리 바닥에 버리는 꼴이 되겠어
우리는 서로에게 불순물 덩어리야
그러나 그게 제일 맛있잖니 국물 맛을 좌우한답니다
자기 내가 가진 단어가 얼마나 마음에 들어
누구에게도 자랑하고 싶지 않을 만큼
나는 네 언어의 밀사이다 네게로부터 온 것을 누구에게도 들키지 않으려 한다
큰새와 영영은 이백 년 동안 교제한 영혼입니다
둘은 서로 때문에 자살 시도를 해본 적이 있습니다
나중에 둘 중 하나가 지옥에 처박힌다면 아내를 구하러 간 오르페우스처럼

연인을 구하러 가기로 하였습니다
그러나 둘 중 누가 지옥에 갈 것인지를 고민하다가
또 싸우고 말았습니다
지옥은 누구의 집도 아닌데요
모든 게 행복했다는 후일담에 자신들의 이름이 발견되지 않아
슬픈 큰새와
영영

마흔네 번째 샤먼의 토폴로지

나는 길을 걷다가 샤먼을 만난다 그는 피죽도 못 쑤어 먹은 모양새다

나는 그를 우리 집으로 데려간다

집이 좀 누추한데요

괜찮소

그는 나에게 세계의 가장자리는 계속 곤긴하냐고 묻는다

글쎄요

나는 국경의 파수꾼이 아니라 그런 건 모른다고 답한다

그는 얼마 전 관동을 한 번 더 여행했고 조각난 자신의 시체를 모두 찾기 전에는 멈출 수 없다고 말한다 자세히 보면 샤먼은 깨진 것을 간신히 이어 붙인 모양새 나는 묻는다

관동에는 사람이 많은가요

많소

얼마나 많은가요

사람이 사람을 태우고 다닐 만큼 많소

그렇게 사람이 많은데 어떻게 당신의 시체를 찾죠

샤먼은 나를 본 적이 있느냐고 거리에서 모두에게 들릴 정도로 큰 소리로 물었다 그러나 사람들이 일제히 자신을 쳐다보는 순간 하늘에서는 번개가 내리쳤고 이내 사람들은 모두 그를 지나쳐 갔다 그는 다행이라고 느꼈다 실은 전달되고 싶지 않았다고 한다

당신은 무엇을 어떻게 감각합니까 샤먼이 내게 묻자 나는 어깨에 묻은 인시류 한 마리를 떼어낸다
손으로 턱을 괴다가
턱 하고 빠져버렸을 때의 정적
세계는 내게 한 번도 감지된 적 없었는데

길을 가다 본 어느 여자가 자신의 왼쪽 발을 들고 다니는 것을 보았다
그건 샤먼의 갈빗대가 아니냐고 묻자 여자는 알지만 돌려주기 싫다고 말한다
그러면 어떡하지?
샤먼은 왼쪽 발이 있던 자리가 쿡쿡 쑤신다고 해요
그래도 제가 가질 겁니다
버겁지 않나요 그런 걸 들고 걷는다는 건
여자는 어쩔 수 없다는 표정으로 재빨리 사라졌다

나는 어쩔 수 없는 사람의 표정을 안다
그건 정오 햇살 길게 늘어진 그림자의 무서움

나는 느꼈다 창가에 걸어둔 젖은 바지를 보고 내 하반신이 욱신거리는 것
지금 어디에 있나요?
감정은 꼬리가 긴 질병인가 싶었다

여자를 따라간 샤먼은 그가 강에서 손을 씻는 것을 보았다고 한다 그리고 손에 든 작은 조약돌로 물수제비를 던졌다고 한다 튀어 나간 그의 왼쪽 발은 얼마든지 물 위를 건넜다
그건 나의 현상이었을지도 몰라
내가 모르는 사이에 강을 건넌 나의 작고 아름다운 발

앙상하고 파리한 계절이 오면 서랍에 있던 긴 목도리를 꺼낸다
그것은 샤먼의 왼쪽 눈
내가 두른 긴 천으로 샤먼은 감각했다

맙소사 세계는 정말 한 꺼풀이었소

샤먼은 며칠 전 세계의 가장자리에 다녀온 적이 있다고 한다

거기에는 사람이 많은가요

적소

얼마나 적은가요

그곳으로 가서 모든 것을 잃어버려도 아무도 나를 찾지 못할 만큼

나는 관동에 가보고 싶다고 생각한다

그 이질적 풍경을 보고 싶다고 생각한다

겨울 전원

당신은 고개를 가로젓고 있었다
눈이 오기 전 나는 애수로 가득했다

언 강에 빠져 누군가 죽었다는 소식을 들었소
교외 밖의 일이었지만

옷을 수선하려다가 손을 베었다
물이 서서히 끓는 소리 그러나

오래되었다 이 풍광은
장면 너머

눈밭 여러 군데에 빛 구덩이
들여다보면 물이 가득 차 있었고

어떤 날에는 당신이 절 사랑하지 않는 것 같아요
그런 말을 들었다
사랑할 수 없는 것은 포기라는 구덩이에 빠트리면 되었다

지난번 외출에서는
길을 가다 만난 과학자가 우리의 전원에는 진실이 없다
고 했다

차가 식지를 않았다
시간은 내가 원하는 대로 흘려보낸 탓에

얼마 전 아내와 함께 찾아온 남자가 죽었다고 한다
언 땅을 파 장례가 시작되면
내리는 눈은 조용히 상실을 애도하는 것이라고 생각하였다

물이 끓으면 기도를 올리고
옷은 모두 기워 구멍이 없으며
문을 열고 나가면

아무도 없는 전원에는 눈이 내린다
눈 속의 적요 안에는 당신이 있을까

나의 애수는 천천히 덮이고 있다
사랑할 수 없는 사람을 생각하면
전원은 새하얗게 점멸하였다

세 번째 샤먼의 토폴로지

내가 세계의 가장자리에서 일어나는 일을 감각하게 된 이유에 대해 말해줄까
설원을 걷고 있었다
눈은 심상의 모독이었다
이토록 빛나고 비린 일은 두 번 다시 없었다
계속해서 자국을 남겨야만 살아남을 수 있었다
주저앉으면 주저앉은 모양이 남았고
서 있으면 서 있는 모양이 남았다
남지 않으면 살아남을 수 없었다
빛과 대기로 바스라질 것 같았다
나는 몇몇 풍경을 지나쳤다
예를 들면 전나무와 설피, 흰 여우, 믿음, 애수, 괴한과 어린 자식
남자는 어린 자식을 죽이러 세계의 가장자리로 가고 있었다
그곳에는 아무도 없이 단둘만이 죽을 수 있을 것 같았다
나는 최초의 살인을 목도해도 되느냐고 묻는다
남자는 대답하지 않는다
우리는 동행이 되어 걷는다 정확히는
내가 그들을 뒤따르고 있다
나는 그들의 감시자였다
나는 그들의 포로였다

생은 나의 감시자이자 나의 유일한 포로였다
어린 자식은 추워하고 있었다
뒷덜미는 빨갛게 익어가고 있었다
나는 남자에게 실수는 없어야 할 거라고 말한다
만약 조금이라도 자식의 영혼이 구천을 떠돌게 된다면
그건 이야기가 될 거라고 말한다
남자는 결국 자식의 영혼을 죽이는 데 실패한다
사람을 영원히 죽이는 일은 실패할 수밖에 없었다
그는 님로드, 최초의 사냥꾼이라 불렸다
나는 죄가 태어나지 않은 시절
그의 연인이었다

과학자의 사랑

춥다고 말하면 내 몸을 두들기는 그에게 차라리 때리는 게 어떻냐고 물으면 그럴 순 없다고 웃고

아이들이 집에 돌아오면 한 번씩 껴안고 얼굴을 묻을 때마다 시간이 너무 빨리 흐른다고 칭얼대고

그러나 새벽의 날씨를 유추하는 일은 힘이 들죠 아무리 과학지리도 과힉자라면서 과학자이기에 과학은 사랑의 일이 아님으로써 영원히 사랑일 수 있으니까

오늘 날씨는 좋아야 합니다 나의 연구 결과가 예언이기를 바란다 광물의 물성은 분자 하나로 인해 쉽게 바뀐다 수정과 인간을 구분하는 단 한 가지, 신이 주셨고 신이 거두어 갔다*

살아 숨쉬는 영원을 가둔 진공관은 그가 잠에 든 동안 창문으로 날아든 새에 의해 깨졌다 그는 믿음을 가져본 적도 없으면서 쓰레받기로 쓸어 담아 언 강 위에 버렸다

깨진 유리는 마치 투명한 얼음

나 불규칙을 사랑해 그는 소파 위로 부드럽게 흩어지며 말했다 그러므로 우리는 계속 무언가를 공부할 수 있어

모두에게 잊히고 바래진 개념을 저 먼 나라에 전달하는 우리는 우리 언어의 밀사였다

진공관에 부딪혀 죽은 새는 그다음날 일어나자 작은 백엽상이 되었다

나와 그의 아이들은 깊게 뿌리 내린 백엽상을 들여다보며 하루하루 자라났다

날씨가 변해도 계속 낮잠을 잤다 밖에서 방물장수가 여자가 미치지 않게 묶어놓을 수 있다는 밧줄을 판다는 이야기를 떠들었다 우리는 꿈에서 자유롭게 날아오르는 현존의 날개를 달고 무한한 숫자를 외우고 있었다

* 예니 에르펜베크, 『모든 저녁이 저물 때』.

저기 내가 모르는 숲

어머니가 양처럼 울고 있다
죽음 앞에서

신은 애도의 기능으로 사용하기에는 너무 오래된 발명품
너희는 더 많은 기능의 물건을 원할까

저기 내가 모르는 숲
나는 어제 산 덫을 슬픔이라 부를까
손에 쥔 망치는 용기 있는 사람이라 부를까

말뚝을 박아 넣으면 울타리는 견고해지겠지만
나의 사물들은 늘 외출한 상태니까
죽음은 내가 부르지 않아도 밤의 냄새를 맡고 찾아오는 들짐승

나는 만나(manna)를 땅에 뿌리며 어머니의 생을 지연시키고 있다
짐승의 어미와 새끼가 와서 그것을 다 먹을 때까지

시간은 유예되고 있다
오렌지 등 아래에서 어머니는 서서히 점멸하고 있다

숲은 내가 버리지 않음으로 버려진다
나는 버림으로 죽지 않는다 사람은 버려질 때 죽는다
애도는 섣부르게 숲의 식생을 지연시킨다

슬픔이 슬픔을 구하면 구해진 슬픔은 인간이 되어 걷는 모습을 나는 자주 보았고

함부로 시신을 숲에 버려선 안 된다 버섯이 축구공만 하게 자라나니까
부모가 죽어야만 사람은 비로소 어른이 된다는데
나와 어머니는 평생을 서로의 쌍생아로서 삽시다

삽시다
그러니 절대로 결말이나 역사가 되어서는 안 됩니다
사람이 사람 이상의 것이 되어서는 안 되는 거니까

다음 세기는 어스름처럼 다가오고 있었다
식사를 끝낸 짐승들은 이제 가자고 말했다
어머니가 양처럼 운다
너희는 나를 선지자라고 불렀다

해설

나에게

나의 다른 이름들

비가 많이 오는 늦여름에 카페에서 친구를 만났다. 친구는 오늘 카페 창밖 너머로 본 풍경을 이야기해주었다. 어떤 아저씨가 쏟아져 내리는 비를 뚫고 행길에 널브러져 있는 비닐형 입간판(바람 인형)을 추스르고 있었다고 했다. 우산을 한쪽 어깨에 기대어 끼운 채 낑낑거리며 그 구조물을 정리하는 아저씨의 모습은, 그저 감동적이기보다는 자기 물건도 아닌데 이다지도 궂은 날씨를 감수해가면서 저것을 치우나 하는, 약간은 기이한 놀라움으로 상상되었다. 아저씨는 그저 발에 걸린 구조물이 거치적거렸던 걸 수도 있고, 뭔가를 정리하지 않으면 안 되는 성격의 소유자였을지도 모른다. 하지만 우리의 이야기 속에서 아저씨는 '조금 집요하긴 해도 남을 위해 그것을 치우는 선한 사람'이었던 것 같다고 추측되었다. 그러다 문득 사람이란 참 입체적이라서 저러고 나서 길거리에서 담배 피우고 무단 횡단하는 것도 모두 한 명의 사람이 하는 거라는 말이 나왔고, 인간이 입체적이라든지 내면의 다양성을 가졌다든지 하는 말이 얼마나…… 이해하기 어려우냐며 웃고 말았다.

*

한 사람을 이해하는 것은, 그러므로 얼마나 난감한가. 선행과 지극히 개인적인 습관들이 하나의 기준선 안에서 통일되지 않고 뒤죽박죽되어 있는 것을 보는 일은 그 자체로도 혼란스러운데, 그 시선을 내 자신으로 돌린다면……. 좀체 객관화되지 않은 채 복잡한 자기의 다양성을 살피는 일은, 그것을 긍정하는 단계로 나아갈 것을 생각하기도 전에 이미 자신을 충분히 당황스럽고 혼란스럽게 만든다. 어쩌면 자기 안의 다양성과 입체성이 있다는

것은 긍정이 아니라 인정의 영역에 가까울 것이며, 이는 우리가 언제나 불화하는 자신과 공존하고 있음을 수용하는 일일 것이다. 그러니 어떤 입체성을 옹호하기보다는, 그것을 그 자체로 이해한다는 게 과연 무슨 의미일 수 있는지, 우리가 자신과의 불화를 어떤 식으로 경험하는지에 초점화할 때, 먼저 질문해야 할 것은 우리는 우리 자신과 '어떻게' 마주할 수 있는가에 있다.

그것이 꼭 합일된 형태의 자기 이해로 수렴되지 않는 일이라고 할진대, 그것은 비극도 희극도 아니고 그저 그 자체로 자기에 대한 목격이다. 한영원의 시에는 수많은 자기의 부분들과 마주치는 이야기가 담겨 있다. 그것은 때로 감정(슬픔)이고 때론 상태(죽음)이며 혹은 인식(세계)이다. 이 '마주침'은 자기와 자기의 마주침인 동시에 자기의 어떤 시야가 발견하는 현실의 한구석이자 이 현실을 이렇게도 다르게 목격하는 또 다른 '나'의 발견이다.

이름 붙이기의 규칙

자기의 다양한 부분들을 발견하는 것은 아무래도 그 자체만으로 축복이라곤 할 수 없다. 가령 자기 안의 커다란 슬픔 같은 것들은 좀체 감당하기 어렵기 때문이다. 그렇다면 이것을 어떻게 다뤄야 할까? 한영원의 시는 이런 식으로 자신을 압도하거나 자신에게 덮쳐 오는 자기의 일부와 대결하는 대신, 그것에 구체적인 이름을 붙여 그를 '관계'의 일환으로 다룬다. 이로써 입체적인 자기의 면면들은 구체적인 존재 혹은 물질로 현현되고 그를 관찰하는 '나'와 하나의 특정한 상황 속에서 대면한다.

이렇듯 추상적으로 '느껴지는' 자기에 대한 이름 짓기가 한영원의 첫 시집을 관통하는 주요한 태도라고 할 때, 이러한 시의 규칙을 넌지시 제시하고 있는 시는 「부르바키」다.

두꺼비집을 두 손으로 토닥여 덮었다

이건 수학자의 무덤일 수도 있겠다 네가 말했고
나는 안에 든 것이 궁금했다

삼월에는 처음 본 이름이 많았다
교실 외벽에는 신발 주머니를 걸어야 할 곳이 없었다
너네는 신발 주머니를 어디에 둬야 하는지 어떻게 알아

바다에 간 적도 없는데 몸에서 짠내가 났다
들어본 적도 없는 사람의 이름을 아는 척한다

프랑스에는 유명한 사람의 무덤이 있다더라
누구의 무덤인지도 모르면서 매년 수만 명이 찾는다던데

우리는 두꺼비집을 만들어 연신 두드리며
예수는 어서 나오라고 소리쳤다
누군가 그건 예수의 무덤이 아니라 말했지만

어디서 불어오는 미지근한 흙먼지 바람
이 풍광은 우리 영혼에 늘 있었던

너는 그것과 닮았을 것이다

고개를 자주 두리번거리는 사람
이름은 어떻게 태어나 나의 가죽을 쓰고 걸을까
죽음의 앞과 뒤에는 어떤 공식을 대입하는 게 나을까

내가 쓴 편지를 보여주는 너 때문에
내가 나였음을 믿을 수 없었다

네가 쓴 편지를 보면

우리 과거를 믿을 수 없듯이

삼월의 무덤은 동그란 책처럼 보인다
너는 결코 혼자 집필되지 않는다

예수의 무덤일까
아니야 그건 두꺼비집이다

삼월에는 부르는 대로 이름이 생겨났다

—「부르바키」 전문(강조 표시는 인용자)

이 시에는 두 개의 이야기가 중첩된 것처럼 읽힌다. 하나는 '안'을 가진 어떤 것("두꺼비집"이거나 "무덤")이 끊임없이 오해되고 있는 이야기이고, 다른 하나는 "삼월"의 "교실"에 입장하는 '나'의 이야기다. 이 두 개의 이야기는 언뜻 별로 상관이 없어 보이지만, 어떤 유사성을 가진 이야기라는 전제 위에서 연결된다. 두 이야기가 '안'을 가진 어떤 것에 대한 이야기라는 점, 그것이 다름 아닌 '나'의 안에 있는 것이며 "이름"으로 불림으로써 ('나'와) 분리되고 (다른-'나'로) 오해된다는 점과 관련된다.

이는 '나'의 일부가 '나'가 아닌 다른 이름을 얻으며 목격되고 있음을 의미하고, '나'의 '안'에 존재하는 어떤 것을 '너'라고 명명함으로써 객관화된 형체로 구체화하고 있음을 보여준다. '나'의 '안'에 존재하는 어떤 것에 '너'라는 이름을 붙일 때 그것은 '나'인 동시에 그것과 분리된 '너'로서 대면할 수 있는 존재로 현현된다. 많은 '나'('너')들의 탄생지인 '안'이 마치 "무덤"처럼 비유된다는 것 또한 이러한 맥락에서 이해해볼 수 있을 텐데, 내 안의 특정 부분을 '너'로 이름 붙여 독립시키고 외부화할 때, 다른 다양성을 지닌 아직 현현되지 않은 또 다른 '너'는 잠시 죽어 있는 것이기 때문이다. 즉 '나'는 수많은 '나'들의 무덤이고, 우리는 이름을 얻음으로써 어떤 '나'와 대면할 수 있도록 현현된다.

그렇다면 시 속의 "이름"은 '나'라는 무덤에서 나온 다른 '나'이고, 하지만 이름을 얻음으로써 '나'와는 또 다른 모습을 한 채 "나의 가죽을 쓰고" 걷는 다른 "이름"('나-너')이다. 이런 다른 이름의 '나'가 "내가 쓴 편지를 보여"주어서 "내가 나였음을 믿을 수 없었다"라는 구절은 이 타자가 '나'에서 출발한 것임을 뒷받침한다. 여기에 "너는 결코 혼자 집필되지 않는다"라는 표현을 붙여 읽어보자. '너'는 반드시 누군가에 의해 불림으로써 그렇게 분리될 수 있고, 그렇게 되어야 비로소 '나'를 찾아오는 '나'("이름")가 될 수 있다. 이는 한영원의 다른 시에서도 발견할 수 있듯, 이름 붙은 것들은 '나'가 목격하고 명명하고 호명한 '나'에 의해서 탄생되어 나와 마주치게 됨을 예고하는 것으로 읽힌다.

내가 유기하는 나-이름들-너

'나'가 자기 내부의 어떤 부분에 이름을 붙여 객관적 인물화를 하는 작업은 「굿바이」에서는 "대부"가 되는 일로 표현된 바 있다. 이는 이름 붙이기가 그저 '-되기'가 아니라, 다름 아닌 자신에 *의해* '-되기'가 수행된다는 것을 보여주기에 특히 주목을 요한다.

> 방화복을 입은 더크와 방화범 피트의 대결 중
> 불타는 은행 금고 속 고아들이 보입니다
> **나는 저 버려진 기계아이의 대부입니다**
> 화면 속 아이들은 초콜릿처럼 녹아내리고 있었습니다
> 나는 아이에게 잘해준 것 하나 없습니다
> 아이의 아버지가 죽을 때 장례식에 다녀온 기억뿐
> 그는 나의 **연인이었습니다**
>
> (…)

시간이 불균형하게 느껴질 때마다
고운 가루를 체에 내려칠 때 한쪽으로 치우치듯이
이건 서로가 함께 존재하기 때문이라고

(…)

나, 그에게 잘해달라는 부탁을 들은 적은 없습니다
티비 속 방화복을 입은 영웅이 아이들을 구할까요
방화범은 은행을 불태워 악명을 드높일까요
아이들은 그새 초콜릿처럼 녹아내리고 있어요

(…)

어쩌면 영영 이대로 살지도 모르겠지만
아이가 크면 적금을 들어두어야겠다 돈이 많이 들 테니까
하고 싶은 모든 것을 들어줄 테지만
슬픔만은 기르지 말라고 말해주어야겠다
슬픔은 오랜 세월 너를 책임지려 들 거야 감당할 수 있겠니

아이는 볼 때마다 한 뼘도 자라지 않았습니다
우리의 성숙하지 못한 굿바이처럼

(…)
굿바이
우리의 반반 나누어 가진 의수

—「굿바이」 부분(강조 표시는 인용자)

이 시에서 '또 다른 나'는 두 가지 형태로 등장하는데 "아이"와 "대부"인 '나'의 "연인"이 그렇다. 우선 이 시에서 "연인"으로 언급되는 이는 "아이의 아버지"로, 이미 「플래시 셔터 플래

시」에서 “샤먼”이라 이름 지어진 ‘나’의 다른 형상으로 등장한 바 있어(“눈이 먼 샤먼은 생전의 여자를 흉내내고 있다 / 여자는 나와 너무 닮아 구별하기 어렵고 / 우리는 연애했다”) 바로 그이일 것이라 추측된다. 「플래시 셔터 플래시」에서 “샤먼”은 ‘나’와 무척 닮은 존재이고 서로가 곧 자기 자신인 역설을 지닌 존재로 등장한다(“어디서 새는 울고 여자는 말했다 / 이것이 우리의 관계야 / 건너가면 네가 되어버리고 / 머무르면 내가 되어버리는”). 이 시에서 “샤먼”은 ‘나’의 재현인데 이는 ‘영혼의 재현’이라 표현된 바 있다. ‘나’의 어떤 부분을 “샤먼”이라 이름 붙이고 마치 ‘나’와 다른 존재인 양 성찰할 때 그것은 독립적인 존재의 형태로 자각되는데, 바로 이러한 ‘나’들의 분리에 ‘나의 이름 붙이기’가 바쳐진다(“어제 만난 샤먼의 방식이 생겨나고 있었다”).* 요컨대 이러한 연관성 위에서 보건대 “나의 연인”(「굿바이」)이 다른 시에서 또 다른 분리된 나-샤먼으로 언급된 바 있다는 점에서, “나의 연인”이란 곧 자기의 다른 일부를 의미한다고 읽을 수 있다.

그렇다면 나-샤먼을 아버지로 삼는 아이 또한 직간접적인 의미에서 ‘나’의 일부이자 조각인 셈인데, 그의 “대부”인 ‘나’는 자

* 그리고 이 “샤먼”의 형태는 이제 다른 시에서도 반복적으로 등장하되 변주되는 것으로 읽을 수 있다. 그것은 이제 ‘나’로부터 떨어져 나온 ‘나’이므로 자신이 성찰하는 또 다른 이름의 ‘나’로 인식되기 때문이다. 즉 최초의 ‘나’로부터 발견된 나와 유사한 “샤먼”이 ‘나′’로서의 ‘나A’였다면 이후에 등장하는 다른 시 속에서의 “샤먼”은 ‘나″’이자 ‘나A′’와 같은 식으로 변주된다. 이는 「플래시 셔터 플래시」에서 시작해서 「마흔네 번째 샤먼의 토폴로지」 「세 번째 샤먼의 토폴로지」에서 변주된다. 이때 샤먼은 각각 ‘나’의 연인이었다가(샤먼A), 한 여자를 따라갔다가 세계를 돌아 ‘나’에게 그 이야기를 들려주는 여행객이었다가(샤먼B), “세계의 가장자리”를 훌쩍 떠난 시점의 샤먼(샤먼X)(이때 샤먼은 샤먼B일 수도, 샤먼B의 이야기를 듣고 떠나간 ‘나’일 수도, 혹은 샤먼의 이야기로부터 자신의 조각을 또 하나 발견해낸 ‘나’의 샤먼C일 수도 있다)으로 확장된다.

신의 조각을 다른 자아를 경유하여 다시금 떠맡은 것처럼 보인다. 그런데 '나'들의 분화 양상 자체가 두드러지는 다수의 시편과 달리, 「굿바이」에서는 '아이-대부'의 관계로 자기의 일부에 이름을 붙이는 일에서 더 나아가 구별되는 이름을 얻은 '나-너'가 막연한 타인으로서가 아니라 구체적 양태를 표방하고 있음을 짐작하게 한다. "대부"는 "아이"를 방임하는 듯한데, 그것은 그의 친부로부터 그 아이에게 "잘해달라는 부탁을 들은 적은 없"기 때문이라 말한다. 고쳐 말하면 '나'는 '나'로부터, 어떤 연유에서인지 자신의 어떤 부분에게 잘해주란 말을 들은 적은 없다고 말하는 것 같다. 이는 아무래도 '나'가 받아들이지 못하고 감당하기 어려워 분리해내고자 하는 '나'에 대한 인식을 드러내는 것으로, 이 시적 맥락에 따르면 내게 맡겨졌으나 유기된 나의 부분으로 표현되는 것일진대 그 정체는 다름 아닌 "슬픔"처럼 보인다. 아이가 '자라면' 모든 것을 해주기 위해 준비한다고 말하지만, 그 가운데 "슬픔을 기르"는 것만은 허하고 싶지 않고 또 그렇게 하지 말라고 말해주어야겠다는 말은, 이미 유기된 "기계아이" 그 자체가 '나'의 일부에 도사린 "슬픔"이었음을 미래에 직감한 '나'가 그 사실을 넌지시 알리는 것이 아닌가.

이름의 곁에 앉아

그렇다면 '나'는 '나'의 다른 이름 가운데 일부를 유기하면서, '나'는 어떤 '나'와는 영영 작별하려는가. 이 시집에 유독 희한한 형태로 이름 붙은 인물(인물화된 '나'들의 조각)이 등장하는 시*가 많다는 것은, 왜 그렇게 하기로 마음먹었는지는 아직 확실

* 「삼월」의 "잔느", 「하나에게」의 "하나", 「밤의 하이웨이」의 "이세벨"과 "한나", 세 편의 「유예와 나」의 "유예" 그리고 "나", 「애쓰는 마음」의 "애수", 「마치」의 "마치" 등이 그렇다. 이들의 명명을 어떤 인물의 '이름'으로 보자고 하면 그렇게 이상할 것은 없지만, 한편으로는 감정이나

하게 더듬어지지 않은 채일지라도, 그 조각들을 일별하여 그들을 저마다의 여행길에 떠나보내고 또 그런 그들과 조우하기를 원하는 마음의 발로처럼 읽힌다. 이 가운데 「애쓰는 마음」을 앞의 시에 붙여 읽어보자.

어제 애수에게 졌다
예정되었던 일이기에 마음을 놓으려 했다
잘되지는 않았다

애수는 줄곧 잘해왔고 나는 가끔 잘했을 뿐이다

우리는 명동의 큰 커피숍에서 만나 신점을 봤다
연미복 종업원이 다가와 커피푸딩을 내어주면
애수는 나에게 이 안에 이기지 못할 절망과
모든 것에 반대하고자 하는 마음을 넣고 굳혔다고 말했고
나는 그런 것쯤 두어 스푼으로 휘저으면 금세 뭉개질 일이라고 했다

그런가
세상은 생각보다 물렁한 모양인가
애수는 말했다

오늘 다툰 것은 모두 예정된 일이었다
애수와는

상태를 지시하는 용어[애수(哀愁), 유예(猶豫)] 혹은 부사(副詞)를 의미하는 용어(마치 ~인 것처럼)가 누군가를 지칭하는 고유명사처럼 쓰이는 시의 규칙을 고려할 때, "잔느", "하나", "이세벨", "한나" 또한 그 자체로 고유명사가 아니라 낯섦의 상태를 강조하기 위해 선택된 이름처럼 읽힌다.

애수는 자주 자신이 시대와 싸우고 있다는 말을 했는데
내가 그런 게 과연 존재하느냐고 묻자
믿든 믿지 않든 신의 존재 비슷한 것을
껌 종이처럼 버릴 수는 없는 노릇이라고

어째서 눈은 늘 고요히 내릴까

애수는 여러 지역의 사투리를 섞어 쓰는 버릇을 가졌고
그래서인지 사람들을 너무 많이 사랑해버렸고
어쩐지 애환이 많았다

자신이 좋아하는 농담 중엔 꿈에 발자국을 찍을 수 있다면
애인의 문지방은 이미 닳아 없어졌을 거라는 말이 있으며

악몽을 꾸면
자신을 싫어하던 이들이 함께 모여
저질스럽게 야구를 보고 있으며
거기에는 자신의 전 애인도 끼어 있다고

오페라에 출연하는 아름다운 여가수가 나오는 고전소설을
마음 깊이 좋아하고 있으며
그 소설의 결말은
여가수가 병으로 죽는 것이라고

너는 콩팥이 좋지 않으니
물이 아닌 다른 음료는 먹지 말라는 사주를 볼 때마다
자신의 미래를 본 게 아니라
유년으로 돌아가 혼이 나는 것 같다고

애수는 입버릇처럼 말했다

눈이 내리면 모든 게 끝이 날 수도 있겠다

끝이 뭐냐고
커피푸딩을 얼마나 녹여 뭉개야 끝이 되는데
커피푸딩이 커피가 되는 시간 동안

애수는 창을 바라보면서 수행자가 되고 싶다 했다
일어나자마자 기도와 운동을 병행하고
밥을 먹고 일을 나가는 일련의 과정을
모두 수행이라고 생각하고 싶다고

그러나 송구영신이라는 말이 슬퍼 새해가 영영 오지 않았으면 해

우리는 영신함에서 거리가 먼 생물이었다

애수는 능란했지만 능숙하지는 못했다
날씨처럼 단발성에 가까웠으므로

근 시일 내로 눈이 내리기를 기다리는 우리는

—「애쓰는 마음」 전문(강조 표시는 인용자)

무엇보다 외부인으로서 '나'의 부분을 지켜보고 다소간 방기하던 '나'가 그의 곁에서 같이 움직이며 그와 대화를 나눈다는 것이 인상적인 시다. 짐작할 수 있겠지만 이 시에서 "애수"는 애수(哀愁)인 동시에 고유명사로 불리는 인물 '애수'이고 이는 화자의 한 조각 슬픔의 객관화된 인물로 보이기도 한다. 중요한 것은 그가 "애수"를 내버리거나 방관하지 않고 그와 적극적으로 대화한다는 점이다. '나'는 "어제 애수에게 졌"고 "오늘"은 다퉜으며 그런 김에 애수와의 여정을 돌아보면서 그를 이해하

려고 한다. 애수는 어떤 존재인가. 이를테면 "애수"는 시대와 싸우는 이이며, "시대"를 "신의 존재 비슷한 것"이라 믿는 이다. 그는 사람을 많이 사랑하는 사람이고 그래서 "애환이 많"은 존재다.

이는 '애수'를 하나의 조각으로 껴안고 있는 '나'가 자신의 슬픔/애수/애환을 감각하는 방식이다. 즉, '나'는 언제나 자신의 깊은 근심 혹은 슬픔과 다투거나 지고, 그로써 그것에 침잠하거나 그를 이해하려고 노력해보기도 하며, 형태조차 불분명하지만 분명히 어딘가에 있다고 굳게 믿는 (그런 의미에서 신과 같은) 세계와의 대결 과정에서 애수가 불거진다는 것을 감각한다. 이런 애수는 언제나 곁에 있지만 그것을 다루는 것은 매일 같이 있는 것에 비하면 익숙하지는 못해서, 다변함을 알고도 대처하지 못하는 "단발성"의 "날씨" 같다. 이제 '나'는 "우리"를 주어 삼아 둘로 나뉜 자신을 한데 합치는 대신 그 옆에 앉은 채 그러모아 다른 날, 너무 축축하거나 너무 건조하지 않은 "눈이 내리기를" 기다린다.

*

한영원의 여러 인물들—각각 '나'임에도 '나'가 아니라 이름들로 분리되어 불린다는 점에서—은 그러므로 불화하는 자기 자신이다. 한데 합쳐지지 않고 오히려 적극적으로 떼어내 이름 붙임으로써 '나'와는 또 다른 '나'의 부분들을 일별하는 작업으로서 한영원의 첫 번째 시 세계는 그 시작점을 끊었다. 그러나 그녀가 그들을 구별만 해둔 채 내버려두기 위해 이름 붙인 것이 아니듯, 각각에 어울리는 이야기를 듣고 곁에서 그것을 써 내려가거나 전달하기 위해 그 이름을 '부르고' 있다는 점을 기억하자. 이 첫 번째 시집은, '나'가 '나(들)'에게 보내는 이름이다, 호명이다, 시선이다.

선우은실(문학평론가)

지은이 한영원

시인. 인천에서 태어났다. 『코다크롬』은 첫 시집이다.

코다크롬

초판 1쇄 발행 2023년 12월 1일
초판 2쇄 발행 2024년 12월 2일

지은이 한영원

발행인 박지홍
발행처 봄날의책
등록 제311-2012-000076호 (2012년 12월 26일)
주소 서울 종로구 창덕궁4길 4-1, 401호
전화 070-4090-2193
전자우편 springdaysbook@gmail.com

기획·편집 박지홍 안태운
디자인 전용완
인쇄·제책 세걸음

ISBN 979-11-92884-29-5 03810

표지 그림은 김대유 작가의 〈'밤에도 구름은 희다'를 떠올리며 2〉
(캔버스에 오일, 33.4×24.2cm, 2021)입니다.